2016 현대시를 대표하는

名人
名詩 **특선시인선**

KB153882

(사)창작문학예술인협의회 / 대한문인협회

QR CODE

제 목 : 그녀는
　　　 아름답다
시 인 : 강사랑
시낭송 : 김락호
음 악 : 신형탁

제 목 : 빨간 풍선을
　　　 띄운다
시 인 : 공재룡
시낭송 : 박영애
음 악 : 신형탁

제 목 : 해방둥이의
　　　 자화상
시 인 : 곽종철
시낭송 : 박순애
음 악 : 박인수

제 목 : 할미꽃
시 인 : 김강좌
시낭송 : 박순애
음 악 : 김락호

제 목 : 동박새소리
시 인 : 김광덕
시낭송 : 김지원
음 악 : 신형탁

제 목 : 입에 문
　　　 혀를 깨물었다
시 인 : 김락호
시낭송 : 박영애
음 악 : 박인수

제 목 : 쇳덩이,
　　　 날아가다
시 인 : 김보규
시낭송 : 최명자
음 악 : 신형탁

제 목 : 가고 있는
　　　 가을아
시 인 : 김상화
시낭송 : 박태임
음 악 : 김락호

제 목 : 오월의 그대여
시 인 : 김선목
시낭송 : 박순애
음 악 : 김락호

제 목 : 바람
시 인 : 김수미
시낭송 : 김지원
음 악 : 박인수

제 목 : 그리움은
　　　 붉은 노을 되어
시 인 : 김이진
시낭송 : 박영애
음 악 : 신형탁

제 목 : 인사동 연가
시 인 : 김정희
시낭송 : 최명자
음 악 : 신형탁

제 목 : 이곳에서
　　　 그곳까지
시 인 : 김혜정
시낭송 : 김락호
음 악 : 김락호

제 목 : 두레박
시 인 : 김흥님
시낭송 : 박영애
음 악 : 김락호

제 목 : 우리가
　　　 꿈꾸는 계절
시 인 : 김희선
시낭송 : 박태임
음 악 : 김락호

제 목 : 카메라와
　　　 삼각대
시 인 : 김희영
시낭송 : 김락호
음 악 : 신형탁

QR CODE

제　목 : 들꽃 이야기
시　인 : 노복선
시낭송 : 최명자
음　악 : 김락호

제　목 : 그리움의
　　　　길을 따라
시　인 : 문방순
시낭송 : 박순애
음　악 : 박인수

제　목 : 오솔길
시　인 : 박광현
시낭송 : 김지원
음　악 : 신형탁

제　목 : 짬뽕,
　　　　스파게티와 손주
시　인 : 박목철
시낭송 : 박태임
음　악 : 신형탁

제　목 : 하수오
시　인 : 박미향
시낭송 : 최명자
음　악 : 신형탁

제　목 : 아직은
시　인 : 박영애
시낭송 : 김락호
음　악 : 김락호

제　목 : 남국의
　　　　꽃잎 사랑
시　인 : 박재도
시낭송 : 최연수
음　악 : 박인수

제　목 : 그곳에
　　　　가고 싶다
시　인 : 박정근
시낭송 : 이예주
음　악 : 신형탁

제　목 : 청 보리밭
시　인 : 박정재
시낭송 : 박영애
음　악 : 신형탁

제　목 : 아버지의
　　　　새벽
시　인 : 박희자
시낭송 : 박순애
음　악 : 박인수

제　목 : 바다가
　　　　웁니다
시　인 : 백낙은
시낭송 : 최명자
음　악 : 박인수

제　목 : 그날
시　인 : 서미영
시낭송 : 박태임
음　악 : 김락호

제　목 : 만추
시　인 : 서수정
시낭송 : 최연수
음　악 : 신형탁

제　목 : 햇살
　　　　눈부신 날
시　인 : 성경자
시낭송 : 김지원
음　악 : 신형탁

제　목 : 빈 지게
시　인 : 안정순
시낭송 : 박영애
음　악 : 박인수

제　목 : 봄비
시　인 : 여관구
시낭송 : 최명자
음　악 : 김락호

🎵 시낭송 QR 코드는 스마트폰 QR 코드 리더기를
이용하여 시낭송을 감상할 수 있습니다.

QR CODE

제 목:나의 노래
시 인:염규식
시낭송:최명자
음 악:신형탁

제 목:사진 한 장
시 인:유필이
시낭송:김지원
음 악:신형탁

제 목:추억에 꿈
시 인:이옥림
시낭송:박태임
음 악:신형탁

제 목:나를
　　　아프게 하는 것
시 인:이유리
시낭송:박영애
음 악:신형탁

제 목:구월의 새벽
시 인:임시욱
시낭송:박순애
음 악:신형탁

제 목:등꽃 연가
시 인:임재화
시낭송:박영애
음 악:신형탁

제 목:핸드폰
시 인:장계숙
시낭송:박영애
음 악:박인수

제 목:나비 영토
시 인:전영금
시낭송:박순애
음 악:박인수

제 목:꽃뱀에게
　　　물렸다
시 인:정병근
시낭송:김지원
음 악:김락호

제 목:황혼의 갈망
시 인:정찬열
시낭송:박영애
음 악:김락호

제 목:푸른 안개
시 인:정태중
시낭송:이예주
음 악:박인수

제 목:동행
시 인:조위제
시낭송:박태임
음 악:신형탁

제 목:흔들림에
　　　생명이 있다
시 인:조한직
시낭송:박영애
음 악:박인수

제 목:여름날 소고
시 인:주웅규
시낭송:박영애
음 악:김락호

🎵 시낭송 QR 코드는 스마트폰 QR 코드 리더기를
이용하여 시낭송을 감상할 수 있습니다.

2016 현대시를 대표하는
"명인명시 특선시인선"을 엮으며

시인이, 아니 작가가 자신의 혼을 담아 한 작품을 만들 때는 자신이 표현할 수 있는 범위 내에서 자신만의 색깔로 자신의 작품을 써야 하는 것이 기본 중의 기본이다. 그러나 그렇게 한 작품을 만들었다고 해서 자신의 할 일이 끝나는 것은 아니다. 그만큼의 자기발전을 위해 노력하고 그 작품을 공감해주는 독자에게 선보일 때만이 비로소 창작자는 이름을 얻게 되는 것이다.

르네상스 시대를 걸쳐 현대의 다원 문화시대를 살고 있는 우리는 거기에 알맞은 활동을 할 때만이 진정한 시인이 되고 문학인이 될 것이다. 가장 기본적인 것을 지키는 문학인은 각자의 역량에 있을 것이다. 요즘처럼 인터넷이라는 매체가 우리 생활을 이끌어 가는 세상에서는 거기에 맞는 활동도 필요하고 또는 세상의 독자들과의 만남도 필요하다. 하지만 여기서도 가장 기본을 지키는 문학인이 되었으면 하는 바람을 가져본다.

이번 2016년이 기대되는 시인 45인을 선정하면서 작품성도 중요하지만, 앞으로 활동할 능력을 많이 고려했다. 시는 어떤 작품이 좋은 시다, 라고 정의할 수가 없다. 시인이 상황을 묘사한 작품을 독자가 공감해야만 좋은 시이기 때문이다. 〈2016 명인명시 특선시인선〉에 전년에도 이어서 선정된 시인과 새로이 선정된 시인은 앞으로 더욱 활발한 활동으로 시문학을 아끼는 독자에게 다가가는 계기가 되기를 바란다.

사단법인 창작문학예술인협의회 이사장 김락호

시낭송 목차 CD1

시낭송 목차 CD2

名人名詩

가나다순 수록

시인 **강사랑** 편

♣ 목차

♪ **시낭송 QR 코드**
제 목 : 그녀는 아름답다
시낭송 : 김락호

시작노트

참 좋은 당신께

사람이 살다가 보면
웃는 날도 울컥한 날도 많이 있겠지요.
그러면서 성장되니 말이예요.
내 마음을 내 마음대로 하지 못 할때
내가 정말 밉지만
그래도 미워 할 수 있는 내가 있다는것에 감사해요.

오늘은 비가 거세게 내릴듯 합니다.
온 갖 먼지 모조리 쓸어 흘려버렸으면 좋겠어요.
당신은 언제나 내 편이길 바래요.

사랑해요.

꿈(한여름 밤의 불꽃놀이) / 강사랑

어쩌자고 불꽃은 이리도
찬란한가!

젊음을 휘익 감고 올라가는 푸른 빛줄기
꽃이 아닌 꽃이 가슴에 피어
어둠에 오색찬란하게 뿌려진다.
탄성을 지르는 어린아이의 함성
넋이 나간 연인들의 발걸음
수험생을 둔 간절히 모은 어미의 두 손
불꽃을 향해 날 던 나방 한 마리
원하는 곳으로 시간 여행을 떠난다.

한낮의 여름 더위를
밤의 적막으로 살짝 눌러 놓았다가
허공 속에서
터지는 불꽃 비명소리에
어둠의 전령이 잠에서 깨어난다.
부서지는 불빛들은 희망을 안고
끈적한 여름밤 바람에도 흔들림 없이
위로 솟아오르며 별이 된다.

젊은이여!
빛을 보고 별이 되어라
불꽃의 혁명은 바로 이것
한여름 밤하늘을 아름답게 수놓는 것이다.

석류 / 강사랑

파란 하늘 눈부신 9월에
가만히 서 있는 것만으로도
너무 행복해서 터져버린 웃음
선홍빛 잇몸과 하얀 덧니가
부끄러워도 어쩔 수가 없습니다.

천진스레 웃는 모습에
입맞춤하는 날은
내 두 눈은 더욱 맑게 빛나며
아름다운 여신의 향기에
미치도록 빠져듭니다.

알알이 박힌 핏빛 열정은
한여름 이글거리는 태양을 닮았으며
내 가슴에 투명하게 남겨진
붉은 그리움입니다.

찬란히 익어가는 가을날에
한 번 뿐인 사랑이 아름답습니다.

시계 / 강사랑

대바늘 두 개로 한 올 한 올
오늘을 짜내려 간다.
즐거움 기쁨과 슬픔의 무늬를 넣어주지만
밤이 되면 고단함으로 다 풀어헤친다.
그래서 아침이면 다시 새롭게
뜨개질을 한다.

한 코 한 코 뜨고 또 뜨지만
완성된 작품은 나오질 않고
대바늘 두 개 사이로 들어가고 나가고
실타래만 낡아간다.

언제나 한결같은 마음
급한 것도 느긋함도 없고
욕망도 분노도 없이
채워지는 삶이다.

가슴앓이 / 강사랑

가슴이 콕콕 아린다고
눈살을 찌푸리며
밤새 앓던 통증
가슴을 뚫고 나온
지워지지 않은 그리움들

가을 햇빛을 반쯤은 녹여
심장에 저장해 두었다가
참아내지 못한 붉은 그리움에
찬란하게 빛나는 루비로
톡톡 터져 버려라.

그녀는 아름답다. / 강사랑

토실토실한 청매실이
하늬바람에 흔들리면
온 세상이 연초록으로 물들고
창가에 화병에서 행복한 향기가 난다.

앞치마에 담겨진 행복에
마냥 설레는 마음으로
오늘도 사랑하는 이들을 위해
요리하는 그녀의 모습이 아름답다.

창 너머 바다색을 닮은 하늘을 바라보며
은은한 커피 향이 사랑을 전하면
오늘도 앞치마 속에
사랑을 감추고
행복을 꿈꾸는 그녀는 더욱 아름답다.

개망초 / 강사랑

꽃이 보고 싶어
들길을 흘러 걸으면
어디선가 들려오는 사랑 놀음에
발길을 멈춘다.

연두 빛 옷을 입고
춤을 추는 너는
가지런한 하얀 이가
무척이나 매력적이다.

바람에 흐느적거리는 모습에
달려가 안아주고픈 가냘픈 몸매
진하지 않은 향기로 사랑을 유혹한다.

허수아비 / 강사랑

황금 들판에 덩그러니 두 팔 벌려
누구라도 안고 싶어 하는
누더기 옷을 입은 할아버지
황금 들판이면 무엇하리
가슴은 텅 비어 허허로운걸!

평생 새 옷 한 벌 입지 못하고
외롭게 그곳을 지키고 있으니
단풍 고운 날
참새라도 날아와 조잘거려 주었으면 좋겠다.

가을이면 언제나
참새와 허수아비는 주역으로
가을 풍경을 꽉 채운
젊은 날의 풍경 이였다.
이젠 허수아비 할아버지 세대는
멀어지고 참새도 멀어진다.

그립다.
황금 들판에 어르신
사치라는 것과 욕심이라는 걸 모르는
항상 웃음으로 화답하는 허수아비 할아버지가

잃고 얻는 것 / 강사랑

환상을 잃고 현실을 얻었다.
내 것을 시간에 잃고 깨달음을 얻었다.
밥상 위에 밥을 잃고 내 건강을 얻었다.
어제를 잃고 오늘을 얻었다.
꽃을 잃고 씨앗을 얻었다.

어제와 오늘
잃었고 얻었고
하여,
용기는 늘 그 자리에서
힘을 주며 잃을 것을 흘려버렸다.

세월은 하루하루 더해지는것 같지만
언제나 변함없이 하루를 주고
또 하루를 얻었을 뿐
언제나 오늘 하루였다.

세월은 하루하루 더해지는 것 같지만
언제나 변함없이 하루를 주고
또 하루를 얻었을 뿐
언제나 오늘 하루였다.

그 하루는 변함없는 하루이나
변하고 있는 오늘 하루다.

자연치유 / 강사랑

바위와 바위사이 흐르는 계곡 물소리
어제의 고단함을 잠시 잊어본다.
초록이 좋은 이류가 여기에 있다.

내가 호흡하고 볼 수 있고
혓바닥의 감각도 살아있으니
너는 나에게 준 것 없어도
너는 나에게 다 주었다.

여름은 청춘
세상 모든 것 생동함이
너만 바라봐도 나는 옷을 벗는다.
자연으로 돌아가려는 본능이다.

너의 아침부터 저녁까지를
쫘악 훑어 내리면
어느새 하루는 또 고단함으로

초록이 내 미소 안에서
여울여울

바라만 봐도 좋다. / 강사랑

나는 너를 딱 한 번 보았을 뿐인데
왜 자꾸 보고 싶지.

엄마 젖을 먹으며
작은 핑크빛 입술에는 하얀 젖이 묻고
젖 냄새가 비릿하게 나도 좋다.
그저 바라만 봐도 좋고
안아 주면 우리 아가 체온을 느껴 더욱 좋고
오늘도 먹고 자고
자면서 먹고 또 자고
그것이 하루 일과
가끔 소리 없이 웃어 주는 미소가
태어나서 처음으로 행하는 효라고나 할까?

이상하게 이끌리는 묘한
중력의 힘이 그 작은 몸에서 나오니
말하지 않은 매력이 분명 어딘가 숨어 있음이야.

시인 공재룡 편

♪ 시낭송 QR 코드
제 목 : 빨간 풍선을 띄운다
시낭송 : 박영애

시 <아버지의 정원> 중에서

늘 사업의 바쁜 두 아들
학업에 매인 손자 손녀
전원생활이 싫다는 아내
난 홀로 정원 가꾸며 산다.

앞만 보며 달린 세월도
어차피 홀로 간 길인데
남은 여정 삶을 음미하며
작은 텃밭에 꿈을 심는다.

공재룡 시집
저녁별 뜨는 마을

기억 속에 남는 사람 되고 싶다. / 공재룡

내가 부자가 되었다고 해도
여러 사람이 불행하였다면
그것은 진정한 부자가 아니다.

모두 오래 장수하고 싶지만
남에게 작은 도움 줄 수 있는
힘이 있는 그날까지 살고 싶다.

누구나 행복을 추구하지만
마음속에 불행과 동거하며
어떤 길을 선택하느냐에 다르다.

먼 훗날에 그 사람 있을 때
참으로 행복했었다고 하는
기억 속에 남는 사람 되고 싶다.

정하나! 슬쩍 던져 놓고 / 공재룡

빛바랜 풀 섶에 서걱대는
낮은음에 흐느낌 소리에
갈바람은 낙엽을 깨우고
중년 어께에 몸부림친다.

그리운 임도 봇 짐 싸서
갈바람 따라 떠나려는지
아직은 이별이 낯 설은
가을 타는 난 어찌하라고

늦가을 높고 파란 하늘가
정하나! 슬쩍 던져 놓고
하얀 새털구름 속을 지나
지금 어디쯤 가고 있을까

솔바람이 잠시 머물고 간
텅 빈자리 아픔이 깃들고
봉화사 경내 풍경 소리만
아련히 내 귀전에 들려온다.

참 그대가 보고 싶다. / 공재룡

간이역 손 흔들던 이별
그사이 몇 밤 지났다고
뜬눈으로 하얀 밤새며
수년 지난 듯 보고 싶다.

사랑은 아픔이라 했나
단풍잎 이파리 몇 개가
붉게 물들었을 뿐인데
열병 앓듯이 그리워진다.

그대 있는 곳 지척인데
코발트 빛 파란 가을이
이간질하듯 시샘하지만
단풍잎 접어 편지를 쓴다.

그대 떠나면 난 어쩌지
그리움 익어가는 가을에
사랑이란 긴 기다림인가
오늘도 하루가 무너진다.

빨간 풍선을 띄운다. / 공재룡

세월이 흘러 하늘가 구름처럼
잠시 가던 길 멈추고 모였다
바람 따라 안개 속에 흩어진다.

내 곁에 머물던 정겹던 사람이
하나 둘 지친 삶의 언덕너머로
들꽃에 맺힌 이슬처럼 사라진다.

흐르는 것은 모두 그리움 되어
빛바랜 앨범 속에 쓸어 담으며
짊어진 무게만큼 세월을 낚는다.

우리는 어디쯤 가야 끝이 될까
고단한 삶 허기진 유랑의 길에
나는 내일 빨간 풍선을 띄운다.

가을은 깊어만 가는데. / 공재룡

분홍빛 감나무 가지 사이
코발트 빛 하늘이 열리고
갈바람 잿빛 구름 몰고 간다.

중년의 초라한 어께 위에
빛바랜 감나무 잎 하나가
외로움 슬그머니 던져 놓는다.

달무리 속에 하얀 가을은
살며시 아픔으로 찾아와
쓸쓸히 돌아서는 그리움인가.

코끝에 밀려오는 들꽃 향기
농익어 떨어지는 낙과의 즙
달콤한 가을은 깊어만 가는데.

가을 풍경 속으로 / 공재룡

하얀 몽실 구름이 떠있는 하늘가에
빨간 고추잠자리 높게 오르내리고
그 틈사이 파란 가을 하늘이 열린다.

무너진 토담 넘어 고개 내민 감이
배시시 얼굴을 붉히며 미소 띠우고
빨래 줄에 아기 잠자리가 졸고 있다.

장독대 옆에 하얀. 빨간 코스모스가
갈바람 따라 살랑살랑 허리 춤출 때
나뭇잎 하나가 내려와 숨을 고른다.

텃밭에 빨간 고추는 누이 두볼 닮아
따가운 가을 땡볕에 알알이 익어가고
누렁이 긴 하품소리 가을이 깊어간다.

아버지의 정원 / 공재룡

늘 사업의 바쁜 두 아들
학업에 매인 손자 손녀
전원생활이 싫다는 아내
난 홀로 정원 가꾸며 산다.

앞만 보며 달린 세월도
어차피 홀로 간 길인데
남은 여정 삶을 음미하며
작은 텃밭에 꿈을 심는다.

새내기 농부 서툰 탓일까
할머니의 굽은 허리같이
멋대로 자란 오이. 가지. 등
유기농 푸성귀와 말동무다.

가족은 텃밭에 관심이 없어
계절 바뀌어도 묻지 않지만
내 곁에 지인과 정 나누며
자연 닮은 정원에 살고 싶다.

왜 하필이면 너였을까? / 공재룡

수많은 별처럼 많은 사람 중에
집시의 열병처럼 가슴앓이 하며
왜 하필이면 너였을까 생각해 본다.

쪽빛 하늘 저편 떠있는 너의 모습
내 발자국마다 아롱져 따라오니
무엇이 너를 가슴에 품도록 했을까

바람이 가듯이 구름이 지나듯이
세월의 강물 따라 흐르면 될 것을
너의 생각에 무료한 하루가 지난다.

뭉게구름 피어나는 산마루 너머
소설 바람은 다른 계절 손짓하지만
야속한 여름 등을 보이며 그리 가는가.

공재룡 시인

내 가슴 속을 보일 수 있다면. / 공재룡

겨우 지난 몇 달을 못 보았다고
낯선 이방인처럼 서먹할 줄이야
몇 번씩 예행연습 했던 말들은
모두 다 어디로 사라져 버리고
쌓인 말들 입안에 맴돌기만 할까.

내 사진 앨범 속을 넘겨보듯이
투명한 가슴을 보일 수 있다면
조금은 진실한 마음 전했을 것을
초라하게 문초를 받는 죄인처럼
왜 그대 앞에선 자꾸 작아지는가.

후덥지근한 저기압에 떠밀려온
짓눌린 내 가슴속으로 행하니
천둥치는 소나기 쓸고 지났으면
조금 괜찮은 변명을 했을 텐데
돌아서는 발길이 무겁기만 하다.

그리 특별한 사람도 아닌 그대에
마른 침 삼키며 변명해야 하는지
나의 남은 자존심마저 쓸어 담아
부끄러운 속살을 보이는 그 까닭은
그대 모습 지울 수 없는 이유입니다.

가을 들녘에 허수아비 / 공재룡

새털구름 흐르는 파란 하늘가
빨간 고추잠자리 맴도는 길에
하얀. 빨강 코스모스가 춤춘다.

꿀처럼 달콤한 노란 배가 익는
돌이네 과수원 지나 둑길 따라
가을볕에 벼가 알알이 익어간다.

종일 두 팔 벌리고 웃고 서 있는
늙은 허수아비는 허술한 옷깃에
참새들 가족들이 난상 토론이다.

오늘도 목을 느린 늙은 허수아비
새털구름 떠가는 읍내 바라본다.
시집간 주인집 큰아씨가 오시려나.

시인 **곽종철** 편

♣ 목차

🎵 시낭송 QR 코드
제 목 : 해방둥이의 첫사랑
시낭송 : 박순애

프로필

소속 및 직위
(사)창작문학예술인협의회 정회원 및 이사
(사)과우회 정회원 및 이사 / (사)한국기술경영연구원 연구위원
(사)실버넷뉴스 기자 / 국립과천과학관 전시해설사
(사)과우회 봉사단 교육간사 및 지도강사
서울강남구자원봉사센터 교육봉사단 강사 등

저서
시집: 마음을 흔드는 잔잔한 울림(제1집), 물음표에 피는 꽃(제2집),
　　　특선시인선(5년 연속 선정, 공동 시집) 등 다수
산문집: 과학의 미래, 과학기술선진국을 이룬 숨은 이야기,
　　　봉사는 사랑을 싣고 등 다수(이상 공동저서)

수상 (사)창작문학예술인협의회의 신인문학상, 올해의 시인상,
한국문학 우수문학상, 한국문학예술인 금상 등 다수
녹조근정훈장, 대통령표창, 국무총리표창, 장관표창(과학기술부 및
재무부) 구청장표창(서울 강남구 및 강동구)

곽종철 시집

**마음을 흔드는
잔잔한 울림**

물음표에 피는 꽃

해방둥이의 자화상 / 곽종철
−광복 70년, 분단 70년을 회상하면서−

"흙 다시 만져보자 바닷물도 춤을 춘다."
감격과 환희, 태극기 흔들며 만세도 불렀지.
그토록 바라던 그 날을 맞이하던 때,
울음으로 신고식을 치르고 태어난
민족의 귀염둥이 귀빠진 날.

그대는,
목이 터지라 외친 만세 소리 먹고 자랐지.
빛을 되찾은 대한의 품에서 자랐지.
무럭무럭 자라나 민족의 등불이 되고
나라의 기둥이 되라는 소원대로
남들이 부러워하는 역군으로 자랐지.

장하도다! 그대여!
그대의 삶이 신화를 만들었다니
시련과 도전으로 보릿고개를 넘기고
한강의 기적을 이룬 주역이 되었구나.
어두운 질곡 속에서 오래 헤맨 상처,
산업화의 역군으로 다 흘러간 청춘,
생기 넘치는 무궁화로 다시 피어다오.

뒤안길로 비켜서는 그대들이지만
이루지 못한 소원 때문에
두 눈을 감을 수 없다는 하소연,
남·북·통·일
휴전선 155마일 철조망 걷어내고
남북한 해방둥이들이 함께 만나
대폿잔 기울일 날 언제인가
통일이여! 어서 오라! 나에게로!

내 맘 같지 않을 때 / 곽종철

웃을까?
울까?
아니면 화를 낼까?
쓴웃음이라도 지어야 하나?

돌멩이처럼 싸늘해질까?
아니야, 따뜻함이 전해야지.
두 눈 부라리며 큰소리쳐
기(氣)죽인들 내 맘 편할까.

깊은숨을 내뱉으며
모든 사연 끌어안으면
못이 박힌 상처일지라도
봄날에 눈 녹듯이
녹을 것 같은 내 맘인데,

모난 내 맘을 둥글게 깎고
솜털처럼 부드럽게 다듬으면
돌이 쌓여 탑을 이루듯이
이해도 쌓이고 쌓이면
사랑의 꽃으로 다시 피겠지.

착한 거짓말 / 곽종철

엄마 배에서
쪼르륵 소리가 나는데도
당신은 배부르다 하셨죠.

무거운 짐을 머리에 이고
책가방까지 들어도
당신은 힘들지 않다고 하셨죠.

무더운 여름밤,
모기 많이 달려든다 하시며
지친 몸 달래시지도 않은 채
잠 안 온다 하시고 내 옆에서
밤새도록 부채질해주신 당신,

고쟁이 속에 넣어둔
해진 주머니 꺼내
있는 돈 탈탈 다 털어가도
한눈팔지 말고
공부나 잘하라 시던 당신,

자식 사랑하는
울 엄마의 착한 거짓말이야.
자식들만 모르는
울 엄마의 착한 거짓말이지.
그 속에 나와 그리고 자식이 있다네.

내 마음은 / 곽종철

내 마음은
그대가
바람에 흔들리는 무궁화처럼
꽃이 떨어질까 봐
가슴앓이를 종종 한다네.

내 마음은
그대가
온 세상을 밝혀줄 희망인데
바람 앞에 선 등불처럼
언제 꺼질까 봐 불안하네.

내 마음은
그대가
바람 부는 날 욕하지 않고
새날을 기다리는 야생화처럼
신천지 열 때를 기다린다네.

내 마음은
언제나 그대를 사랑하오.
비바람이 불면 부는 대로
눈보라가 치면치는 대로
그대 품에 머물고 싶소.

정들고 말겠지 / 곽종철

저 나무,
비바람과 함께 흔들리다 보니
단풍 들잖아.

저 꽃도
찾아오는 벌 나비 반기다 보니
열매를 맺는구나.

하지만 쉼 없이
숨을 고를 여유도 없이
별별 욕을 다 먹어가며
달려가 안긴 채 뒹굴고 싶네만
그대의 품은 열지를 않네.

속마음을 알 수 없는 사람!
그 사람 앞에 서면
말문이 막혀버린다오.
그래도 정들고 말겠지.
우리는 뿌리가 같은데,

당신의 의미(意味) / 곽종철

내 간절함이 전해졌는지
하늘이 맺어준 연분으로
은은한 들꽃 향기에 취해
내 머물 수 있는
따뜻한 품이라오.

늘 함께한 희로애락은
내 인생의 의미를 짙게 하네.
사랑은 즐거움으로
미움은 정으로 감싼 삶,
굴러다니던 모난 돌을
조약돌처럼 만든 게 당신이라오.

내 숨 쉬는 그 날까지
당신 눈앞에 머물고 싶소.
저세상으로 떠난다 해도
당신의 머리맡에
꽃으로 다시 피어나고 싶소.

깊어 가는 가을 / 곽종철

따사로운 햇살을 품은 벼,
황금빛으로 물들고

파란 하늘을 즐기는 사과,
수줍은 듯 빨갛게 익어가네.

고추잠자리 맴도는 향연에
덩달아 노래하는 매미 떼,

그 바람에
마음 흔들린 가을 남자
그 사연도 깊어지네.

감 / 곽종철

비가 쏟아지는 여름이면
새파란 땡감으로 떨어지더니

따가운 가을 햇살 머금더니
노란 날감으로 변해있구려.

먼 산에 단풍들 때쯤
빨갛게 익어 뚝 떨어질
홍시처럼 이별이 두렵구나.

날감을 따다 침(沈)을 담그는
엄마의 손길처럼
떫은 내 인생을 달게 할 수는 없나요.

빈 깡통의 넋두리 / 곽종철

잘 써먹었다는 인사는 안 할망정
쓸모없는 존재라고
아무 데나 내동댕이쳐버리니
길손들의 눈치 보는 신세 되었네.
불안해 잔뜩 웅크리고 있는데
그냥 지날 리가 없더라.

갑자기 발길질하고 또 해댄다.
이런 날벼락이 어디 있나 싶지만
찍소리도 못하고 얻어 차이면서
데굴데굴 굴러가며 소리를 쳐보지만
제 갈 길만 가는 무심한 군상에게
하소연할 길조차 없더라.

같은 하늘 아래 존재한다고
같은 존재가 아닌가 봐.
하느님이 천지를 창조하실 때
천덕꾸러기는 없었을 텐데
발길질 당하는 게 나뿐이겠는가
공존(共存)을 위해서라면
참고 또 참아야지.

들꽃 / 곽종철

파란 가을 하늘 아래
가엾게 핀 꽃이라지만
볼품없는 꼬락서니라고
괄시받으며 핀 꽃

때로는 짓밟히고 꺾이어
물 한 모금이 절실해도
주는 이 없어
이슬 먹고 자라나 핀
그 인생 그 삶을 닮은 꽃

이제는 바람에 흔들거리며
그 아픔 그 슬픔 들어주고
말없이 용기도 건네주는
친구처럼 친한 꽃이 되었네.

시인 **김강좌** 편

♪ **시낭송 QR 코드**
제 목 : 할미꽃
시낭송 : 박순애

시작노트

햇살이 환하게 밝아지면
빛나는 말간 눈동자로 꿈을 키우고
달빛이 드리워진 숲에서부터
이슬을 깨워주는 한 점 바람을
찰랑찰랑 몸짓으로 기다림 하는 너.
너를 찾기 위해 난 하루의 반을 할애한다

단풍잎이 떠나버린 마른 숲에서
추운 칼바람에 겨울나기를 하고
해동하는 봄날 언 땅을 깨고 나와
또 다른 초록 일기를 일필휘지로 써 내리겠지
그렇게 마음으로 들어와 사계를 물들이는 너는
내 글의 시작이고 환희이고 전율이다

숲 속 풀꽃 사랑 이야기......

몽돌 / 김강좌

몽돌을
휘감아 도는 해조음 음률따라

저마다 모양새로
이리 둥글 저리 둥글
곱다가
삐뚤다가 심술 난 모서리가
파도를 끌어안고 몽실하게 씻긴다.

서산 너머
노을빛 붉어진 능선으로
갈바람의
그림자가 몽환처럼 스밀 때
하얀 달빛 두르고 별 꽃밭에 누워

옥빛으로
익어가는 바다를 품었으니
올가을엔
단풍도 유난히 붉겠지

크게
빛나진 않아도 참 좋다.
이만하면

길 잃은 바람꽃 / 김강좌

숲길에
창을 내어 달빛을 두르고
이슬을 머금은 채 벙글어진 봄 철쭉

수줍은
속눈썹에 설레는 떨림이
햇살을 가득 품고 몽환처럼 서 있다.

먼 계절을
휘돌아 찬바람 끝에 서서
봄을 기다림 하는 애잔한 그 몸짓이

하늘 높이
외줄 타는 곡예사의 비애처럼
스스로를 위로하며 슬프게 웃는다.

낮게 드리운
능선에 석양이 붉어지면
꽃술만 남긴 채

하얀 눈물 될 텐데.

그리움은. / 김강좌

첫사랑
두근두근
울컥한 떨림으로

아!
그리움은

벼랑 끝에서도
웃을 수 있는
전율이다

가을 이야기 / 김강좌

어디쯤
왔을까.
낮은 수풀 속으로
젖어드는 가을빛이
청량한 음률처럼 토닥이는 햇살에
수줍은 듯 붉어지고

초록을
살찌웠던
여름날의 열기는
아슴 아슴 멀어져
눈부시게 빛나는 5월의 장미보다
더 붉음을 토해낸다

돌 틈
사잇길에
키 작은 소국들이
아무렇게도 피어나
꽉 찬 그리움에 두근대는 가슴을
갈 빛에 덧칠하고

새벽을
기다리는
가녀린 들꽃들의
알싸한 향기는
눈물나는 설렘이니 가을은 여름이
남긴 꿈 일게야

아마도.

풍경이 있는 호수 / 김강좌

몽실한
실안개 새벽 숲을 따라
잔물결 일렁이는 호수를 유영하고

휘늘어진
배롱꽃 몽환에서 깨어나
초록빛 눈웃음을
바람에 실어낸다

밭이랑에
세워 둔 허수의 빈 가슴은
햇살 한 줌에도
넉넉하게 채워지니

책갈피에
끼워 둔 빛바랜 추억들이
한 폭의 풍경처럼
찻잔에 그려지고

금빛 살에
풀어 놓은
농익은 그리움
9월의 호수에서 쪽빛으로 물든다.

작은 꿈 하나 / 김강좌

여우비가
나풀나풀 숲에 내린 아침
한 줌의 솔바람이
달콤하게 스칠 때

키 작은
풀꽃 하나 꼬물꼬물 깨어나
나지막한 숨결로
속살을 열었으니

눈부셔도
좋을 햇살을 기다리며
하늘거림이 곱게
초록 숲을 깨운다.

한없이
여린 듯 애잔한 흐느낌을
올곧게 추스르고
당당하게 맞서서

밀어를
속살거리는 나비 춤사위에
한 계절 곱게 접어
바람 돼도 좋을 듯.

김강좌 시인

낮 달맞이꽃 / 김강좌

얼마나
그리웠나!
긴 날을 휘돌아서
그림자도 없는 날 홀로 나풀거리며
울컥 삼킨
눈물을 꽃으로 터트렸나
바람 곁에 오롯이
미소만 수줍어라

달궈진
초여름 밤 달빛을 두르고
별을 헤던 그 날도
가슴은 시리고
그리움이
짙어진 한낮의 서성임도
뜨락에 부서지는
햇살의 속살거림에

속 매무새
여미는 먼 하늘바라기

오늘 밤
그리움도 달빛에 비워낸다

향기는 바람 타고. / 김강좌

이른 새벽
안개로
물오른 꽃가지에
알알이 벙글어진 몸짓이 눈부셔라

유리창을
적시는 여우비 한 줄금에
연보랏빛
별꽃이 톡 터진 숨결로
표현할 수 없는 환희심에 벅차고

한 계절이
저만치 초록 숲을 이루어
겹이 진 설렘에 켜켜이 익어갈 때
가지런한
햇살 뒤로 붉은 노을이 서니

달무리
곱게 지는
까만 밤 하늘가에
그리움을 감추고 밤새 별을 헤인다.

연둣빛 사랑 / 김강좌

실안개
흩어지는
들길을 나서니
우렁 우렁
빛살에 벙글어진 초록 숲

한 올을
곱게 빚어
햇살을 풀어 놓고
한 올 또 빚어서 달빛에 걸어 두니
어둠 내린
새벽은
호수의 물결 위로
마른 잎 나풀대며 몽환에 취하누나!
저만치
흔들리는
숨 가쁜 몸짓으로
톡 톡 트리는 눈물 같은 꽃잎에

빗방울
음률 타고
촉촉하게 적시는
참 곱다
물빛 고운 연두의 푸른 날이.

할미꽃 / 김강좌

아~!!
몽환적인
환희로 벙글어진 몸짓이
저리도 애잔하게 스스로를 흔들어
뜨겁게
달궈진 속마음을 감추려니
애써 고개 숙인 그 모습 애잔타

옥빛보다
더 푸른 하늘을 품어 안고
속살까지 붉은 사랑이고 싶었나.

미치지
않고서야 어찌할 수 없는
달빛에 울컥 삼킨 그리움을 어쩌누
오롯한
짝사랑에 못내 가슴 앓다가
눈물 같은 봄비에 속울음 씻어내는

붉은빛 할미꽃.

엄마야누나야

김소월

엄마야 누나야 강변 살자.
뜰에는 반짝이는 금모래 빛.
뒷문 밖에는 갈잎의 노래
엄마야 누나야 강변 살자

– 《개벽》 1922년 1월

시인 **김광덕** 편

♣ **목차**

 ♪ **시낭송 QR 코드**
제　목 : 동박새소리
시낭송 : 김지원

시작노트

　우리나라가 일제 강점으로부터 해방되던 해에 나는 함경남도 북청에서 태어났다. 남쪽으로 피난 온 식구들은 아버지의 연고가 있는 전라남도 강진까지 내려가게 되며 피난살이 맨 처음 정착지는 강진과 영암에 걸쳐있는 월출산(月出山) 자락의 백운동 계곡이었다. 유년시절이후 나는 줄곧 서울에서 살아왔지만 피난살이의 맨 처음 정착지였던 백운동, 그리고 월출산을 휘감고 펼쳐지는 흰구름이 그리워지면 가끔씩 백운동계곡에서 시작되는 등산코스로 월출산을 등반하곤 하였다.

　칠순생일날(2014.6.24), 나는 지난세월을 돌아보는 자전수필집 「나무묵주」를 책으로 펴내 가족, 친지들과 함께 자축하였으며 그 후 등단하여 '시'를 쓰면서 지난날의 속기(俗氣)를 털어내고 있다.

찔레꽃 피고지고 / 김광덕

꽃 한 송이가 피는 것은
억겁의 세월이 빚어낸 사랑이
꽃으로 피는 것이다.
혼자서 피는 꽃은 외롭지 않으랴
혼자서 피는 사랑은 외롭지 않으랴.

외로운 두 마음을 이어준 한 송이 꽃이여!
설레는 가슴 안에 사랑을 쌓고
아프고 슬프며 흔들리고 넘어지며
흰 무명옷 같은 찔레꽃으로 피어났다.
그리하여 진동하는 세상 속으로 향기 뿜어낸다.

밉던 곱던 내가 심은 사랑의 나무
나의 아내가 심은 사랑의 나무
그리고 우리 부부가 함께 가꾸는 한그루 꿈나무도
결국은 피고 지는 저 하얀 찔레꽃의
한살이와 같은 것을,
찔레나무에서 빨간 열매가 맺기까지
기다림과 아픔이 삶의 고뇌이고
그 향기 내뿜는 꽃을 삶의 의미라 한들
서글퍼해야 할 이유가 무엇이랴.

숲길 양지바른 곳에 하얀 찔레꽃
꽃잎이 지네
봄날이 가네.
다만 남은 꽃망울 다 터지도록
들려줄 노래하나 갖지 못했다는 것이
더 슬프구나.

동박새소리 / 김광덕

절정인 순간, 봉오리 째 툭- 떨어지는 꽃이여
꽃이 지는 것은 어찌 슬픔뿐이랴
동백꽃은 한겨울에 피어 동박새는 오고
높바람불면 가슴 설레는 나는, 동박새소리 들으려
나그네 길을 떠난다.

멧새가 날고 억새가 출렁이고
젊은 꿈이 스치고 그리움이 일고
나그네 길은 언제나 외로운 길
서걱-서걱- 시누대숲 바람소리에 잠 못 들고.

바다의 꽃 섬 오동도에는
오늘도 붉디붉은 동백꽃은 피고
시누대숲위로 떨어지겠지.
동백꽃이 지는 소리는
나그네의 그리움에 스며들어 울림이 되고
그리하여 마음은 순수해지고
마침내 시가 되어 꽃으로 피리라.

그날은
눈물이 흐르도록 연습한 곡을
드디어 연주하는 날
동백꽃이 봉오리 째 떨어지는 날.

전나무숲길 / 김광덕

솔바람도 전나무 위에서 분다.
어떻게 알았노 솔바람 길
나뭇잎 흔들려 그래서 알지.

산에서 우는 작은 새들
숲속에 감도는 꽃들의 향기
바람에 실어 전하는 말은
재 너머 정토(淨土)길을 함께 가자고.

가는 길 외로워 가지 못하네.
설운 정 못 잊어 나는 못가네
스친 인연이야 잊겠지만
일편단심 설운 정을 못 잊겠네.

낮에는 골바람 밤에 산바람
숲에서 부는 바람 영혼을 울려
꿈결 나그네를 흔들고 가네.

파김치 / 김광덕

담근지 한 사흘 지나니
파김치 맛이 들었다
매운 맛도 가시고 부드러워지고
진짜 파김치 맛이 난다.

퇴직하고 한 삼년 지나니
노는데 맛 들렸다
산에 가고 도서관에도 가고
진짜 지공선사 맛이 난다.

혼자 산에 와서 외쳐본다
"내 인생 이제부터다"
즐거운 휴식의 시간이 무르익고 있으니
왠지 불안해진다.

볼따구니 볼록한 다람쥐 한 마리
괜히 눈 곰치며 달아난다. 흠칫
내 인생의 겨울나기는 어찌되어 가나?
생각하다보니 파김치 되었다.

가을 산 / 김광덕

가을산은 풍물패 놀이마당.
영기(令旗)든 단풍은 춤을 추고
소나무는 솔바람에 상쇠놀음 흥겹다.
참나무도 어우러져 자반뒤지기
길손은 흥에 취해 시(詩)를 읊는다.

바람소리
낙엽지는 소리
있는 모습 그대로
거리낄 것 없이
구름처럼 바람처럼 놀다가라네.

인생은 한바탕 탈머리굿
대포수 모자 벗겨 영기에 달면
덩더꿍, 갱 매갱 흥은 끝나고
갈리세 갈리세 구경꾼도 갈리세.

달이 뜨는 산 / 김광덕

시(詩)가 내게로 다가들었네.
바람의 별 넘나드는 창문을 열었네.
그 열린 문으로
달이 뜨는 산이
내 가슴에 다가왔네.

그믐달이 아니고
나뭇가지에 걸린 달도 아닌
항상 둥그런 달이 뜨는 산,
나는 그 산을 월산(月山)이라고 부르지.

월산에 바람이 불면
달은 어린왕자가 되고
동심의 속삭임에 스며들어 언어가 되고
마침내 시가 되어 노래 부르지
나는 달이 뜨는 그 산을 그리워하네.

애달프다, 젊은 날의 꿈과 사랑이
지금은 과연 어떠한가.
봄날의 찔레꽃, 가을의 억새
그 숲길에
달은 뜨고 지고 세월은 가고
그리하여 내 인생의 가을은 오고.
이제 나의 노래는
내 슬픈 속기(俗氣)를 털어내는 고백이어라
사라지므로 아름다운 꽃이어라.

시가 무엇인지는 잘 모르지만
달이 뜨는 산은
내 가슴에 있네.
어린왕자의 별을 꿈꾸는
가슴에 있네.

싸리꽃 / 김광덕

오메, 싸리 꽃이 잔치 벌렸네.
작은 꽃송이마다 왕벌을 태워
산들바람에 그네 띄우네.

8월쯤이나 핀다는 싸리꽃,
7월도 초순인데 벌써 시들어 가다니,
싸리꽃이 바쁜가, 계절이 바쁜가.
지나가던 나비도 한목 거둔다.

싸리나무에서 잎이 지면
아버님은 빗자루 만들어 마당 쓸고
맵시 좋은 줄기는 회초리 만들어
내 종아리 치시던 어머님 생각난다.
싸리가지 꺾어다 장롱위에 올려놓고
나도 우리 아이들 겁주었지.

관악산 하산길 얕은 계곡에
철 이른 싸리 꽃이 회상을 불러
그리운 부모님 생각에 목이 메인 날.

연미정(燕尾亭) / 김광덕

월곶돈대 꼭대기에 세워진 연미정에 올랐다.
문루(門樓)에 서있는 깃발들
그 옛날 높았던 고려군의 위상을 본다.
나는 소리 없는 함성을 들었다.

함경도 작은 어촌 '신포리'에서
나는 해방되던 해에 태어났다.
엄마는 한 달 박이를 등에 업고 남쪽 피난행렬에 나섰다.
한탄강을 건널 때까지 추위와 굶주림 속에서 아기울음에 가슴 조였다.

벌 떼 같이 떠나온 사람들
꿈같은 귀향 기다려 칠십년이 갔다.
통일의 그날은 아직 오지 않고
북청사자놀음으로 그리움을 달래며 하나둘씩 세상을 떠나갔다.

임진강도 합류한 한강은 유유히 흐르는데
이제는 분단의 강으로 변해 서해로 가는가.
오늘도 휴전선 어디에서는 총소리 울리고
정자 좌우에 서있는 느티나무는 분단의 아픔 지켜보며 백탄같이 늙었다.

억새의 시 / 김광덕

한 세월 살다 보니
참 신기하구나.
유약한 내가 이렇게 살아 온 것이.
사람들 사이에서 언제나 잔뜩 긴장해야 했지만
그래도 용하구나.

어느덧 가을은 깊어가고
억새가 서걱대는 숲길에서, 어느 날
바람에 실려 온 꽃씨 하나가 내 어께에 내려앉았어.
사는 게 뭐 이러냐며
그저 그렇게 남들처럼 살아왔다는 연민마저도
가슴에 구멍만 남기고 스러져간 그런 날,
잊혀졌던 노래와 낭만으로
너는 그렇게 나한테 다가왔어.

외로움인지 고독인지 모를 쓸쓸함
아름다운 것들에 대한 그리움
어린 날 책갈피에 꽂아둔 단풍잎같이
너는 그렇게 나한테 다가왔어
그리고는 나를 흔들어대는 거야.

시를 사랑한다는 것은 이렇게
바람과 억새, 지독한 고독을 견디며
한없는 사랑을 가지고 기다리는 것이란 것을
나는 몰랐어.
그냥 모른 채 살아가는 게 좋았을걸.
아 이제 너를 떠나보내고 싶다.

밤꽃 / 김광덕

알 듯 말 듯 비릿한 향기,
친숙한 이 향기는 어디서 왔지?
그래, 이만 때면 밤꽃이 피지
농염한 이 향기에 동네 아낙네들,
고운임 생각으로 가슴앓이 한다지?

세상에 모든 꽃들은
죄다 여성을 상징하지만
유일하게 남성을 상징한다는 꽃
향기도 그윽한 밤꽃이라네.
유월의 호암산은 밤꽃향기가
바람을 타고 돌며 여기저기에
사람들 마음을 심란케 한다.
꽃향기에 취해서 자빠질라.

밤꽃이 지고 밤송이 영글면
벌이 쏘지 않아도 절로 터진다.
올 가을 호암산 밤나무에는
토실토실 알밤이 절로 터지려나.

시인 **김락호** 편

♣ 목차

♪ 시낭송 QR 코드
제　목 : 입에 문 혀를 깨물었다
시낭송 : 박영애

프로필

현) 사)창작문학예술인협의회 이사장
현) 대한문인협회 회장
현) 도서출판 시음사 대표
현) 대한문학세계 종합문예잡지 발행인
현) 대한문화예술방송 아트 TV 대표
현) studio 시음사 녹음실 대표
대표저서 : 장편소설 "나는 야누스다"
시집 : "눈 먼 벽화", "내게 당신은 행복입니다"
　　　 "인터넷에 꽃피운 사랑시", "사랑의 연가"
　　　 "명인명시 특선시인선" 1집-10집 발행
공연작품 : 시극 "내게 당신은 행복입니다" 원작 및 총감독
　　　　　 (CMB 대전방송 케이블 TV 26회 녹화방송)
창작 시극 "시는 세월을 말한다" 연출 및 총감독

김락호 시집

내게 당신은 행복입니다

눈먼 벽화

김락호 소설

나는 야누스다

066

널 기억할 수 있어 행복하다. / 김락호

너와 나의 사랑은
영혼이 경험하고
생각으로 이루어진 복잡한 결합체이다.

너와 나의 육체적인 만남은
명징 "明澄"의 표현이고
순수한 삶을 공유 하는 고결한 법칙의 공평함이다.

너와 나의 욕망과 열망은
우리에 세계를 만들고
사랑, 은총, 슬픔, 고통 같은 보편적인 결과론으로 답을 한다.

이제 우리에 사랑은
서로가 서로를 기억하고
몸과 마음에 남아 있는 여운 "餘韻"이
하나의 향취로 남는 일이다.

다 그런 게지 뭐 – 매미의 情事 / 김락호

스산한 밤 무리가 농익은 달을 잡고
헛바람 놀이를 하는데,
한여름 요사스럽게 궁둥이를 흔들던
환생한 굼벵이 년이 '아이고 배야'며
속곳을 젖히고 요념을 뜨네.

에이 고년. 몹쓸 년
여름 내내 이집저집 기웃거리며
뭇놈들 정액을 쪼옥 뽑아먹더니,
가을 사내 장삼은 왜 또 못 잡아먹어
안달을 하는 겐지!

여름내 뒹군 몸뚱어리.
그래도 주체 못 하는 치맛바람을 안고는
가을 달마저 품으려 저고리 풀어헤치고 달겨드는데,

어메나
이놈은 누군게야! 이 뜨거움은 여름 내내 알던 뭇놈의
정사가 아닌 게야! 모시 적삼 치마저고리 움켜잡고는
솜털 휘날리게 도망치는데, 이를 어쩌누!
이놈도 사내놈이라 뜨겁게 태워준다며
치마를 들춰버리네.

밤새 요사를 떤 게야. 물불 가릴 틈 없이
젊은 놈 늙은 놈도 가리지 않고 요사를 떤 게야.

훤한 낮빛이 비추는 전신주 아래
고년의 몸뚱어리 숨길 데 없었던 게지.
뜨거운 맛을 몰랐던 게지.

팔다리 움직일 힘조차 어느 놈에게 다 쥐어 주고서
뜯어진 저고리 사이 젖꼭지를 드러내고는
널브러져 잠이 들었네그려.

에이 고년 요사스런 년
몹쓸 년의 여름이 참 길기도 하네.

김락호 시인

세상을 봐라 / 김락호

몸이 고되어 마음이 멀어지느냐!
동전 한 닢 던져주고 세상을 논하지 말아라.

고급 양복에 실크넥타이로
구멍 뚫린 작업복의 비애를 말하려느냐!
입술의 얕은 속임수로 삶에 깊이를 논하지 말아라.

반질거리는 육중한 책상에
등 기대고 앉아서 무엇을 보려함이냐!
단돈 만 원짜리 운동화에 묻은 흙을 만져보지 않고는
내일을 논하지 말아라.

최고급 외제차에 제 손으로 운전조차 하지 못하는
두 손으로 무엇을 잡으려느냐!
하루 벌이로 내일을 살아가는 사람들의 고된 삶에
희망 한 톨도 얹어주지 못하면서
그들의 거친 손을 잡으려 하지 말아라.

내가 아닌 우리를 위해
우리가 아닌 모두를 위해
너의 마음이 삶을 말하려 한다면
그때 너의 말에 귀 기울이길 바라거라.
그리고 고통 뒤 올 희망을 베풀 거라.

세상에 버려진 돼지 / 김락호

너무 작아 흔적조차 없다.
구린 바람만 세상을 휘덮고
혼탁한 먼지는 안개처럼 내려앉는다.

불타는 아궁이에
던져둔 누런 감자는
까맣게 타들어 재가 되었고
눈 내리는 겨울밤
옹기종기 모여 앉아
껍질 벗긴 고구마 먹던 시절은
TV 속 세상이 된 지 오래다.

서글픔의 비가 내린다.
변해 가는 세월을 한탄하며
낮 비는 추적거리고
나는 온종일 허우적거리는
물통 속에 빠진 돼지가 되어 버렸다.
도시를 질주하는 돼지는 오늘도
구정물 속 흰쌀로 살찌워만 간다.

너와 나는 똥개 이고 싶다. / 김락호

능선아래 빨간 양철지붕이 하늘을 이고 앉아 있다.
길 가는 나그네,
굴뚝에서 뿜어내는 꺼먹솥의 눈물에서
누룽지 냄새 베어 나오면 뒷간이 눈에 먼저 들어온다.

배부른 나그네는 굶주림의 욕정을 밥상머리에서 흘린다.

여인은 행주를 들고,
나그네가 흘린 절정에 오른 요사스러움을
아랫도리 가득 주워 담아 들고는 주변을 살핀다.

사립문 밖 똥개 한 마리 입맛 다신 혓바닥에
마른 먼지만 훔쳐 먹는데,

양푼에 한가득 비밀을 들고는
허기진 놈 앞에 툭! 던지며 아낙이 하는 말.

"오늘밤 너는 이 밀애를 먹고
요란한 소리가 들리면 입을 꿰매야 하고,
입속에서 혀가 춤을 추면 눈을 감아야한다."

분칠한 여인네 정분난 바람에 콧노래를 흘리고,
잠들지 못하는 양철지붕은 달아오른 달을 보며
헛기침을 게워야만 했다.

입에 문 혀를 깨물었다 / 김락호

어지럽게 꼬이고 비틀려가는
삶의 골짜기에서 꼭꼭 숨겨둔 입맞춤.
아무에게도 보여주기 싫은 너의 진실은
벼락같은 너의 입술에 겁탈당하고 말았다.
너의 그 짧은 혓바닥에 진실은 희롱당하고
이빨마저 뽑혀 버렸다.

때 묻은 너의 말을 내 목구멍에
주워 삼키고
헝클어진 언어들을 빗질해
넝마 바구니에 주워 담는다.

쉬어버린 목청으로 노래하지 마라.
언변의 속임으로 얼굴을 가리지 마라.

너 또한 진실은 사랑이다
섧디 설운 꽃으로 피우지 말고
너의 골수에 숨겨둔 해안으로 참사랑을 보라
그리하여 삶에서 사랑으로 사랑에서 동반까지를 염원하라

보랏빛 사랑 / 김락호

당신은 마음속에 감춰놓고
혼자서만 살며시 꺼내 보는
해 밝은 꽃잎 같은 사랑을 아시나요?

봄이면 진달래, 산수유, 매화
앉은뱅이 자운영 꽃들 속에서
그리고 여름이오면
백일홍, 봉선화, 보라색 장미.
여름비에 젖은 한 아름의 수국에서
늘 당신을 찾았습니다.

문득 이런 생각도 해봅니다.

보랏빛 꽃 겨드랑에 감추고
한 아름 사랑에 행복해하면서
붓꽃이 한들거리는 연못가를
당신과 함께 두 손을 꼭 잡고
꽃가루만큼이나 많은 이야기를
나누고 싶습니다.

오늘은 비가 옵니다.
하늘엔 별도 없고,
달은 어둠이 숨겨 두었지만
오월에 피어난
당신을 향한 내 사랑은
하나 된 몸으로
하나 된 사랑을 위해 빛나고 있습니다.

버리지 못하는 너 / 김락호

그는 늘 나와 함께 하기를 원한다.
나도 그가 싫지는 않다.
사람들은 나와 그를 질투한다.
우리는 결코 헤어질 수 없는 것일까
내가 그를 버리지 못하는 것일까
하지만 난 그를 버리고 싶은 마음이
그를 사랑하는 마음보다 깊다.
버릴 수도 가질 수도 없는 그를
오늘도 난
늘씬한 몸매를 어루만지며
입술로 쪽쪽 빨며 애무를 시작한다.
가슴속 깊은 곳에서 그가 느껴지면
숨을 헐떡이며 정사에 열중한다.
그의 유혹에는 애도 어른도 없다.
한번 유혹당하면 더 깊은 곳까지 빠져들고는
뼛속까지 그의 흔적을 남긴다.
그의 요사스런 매력에 난 오늘도 희롱당한다.
조금 있으면 또 그가 그리울 것이다.
늘 그와 사랑을 나눈 자리엔 희뿌연 허무와
바닥에 뚝뚝 떨어진 삶에 대한 회한〈悔恨〉뿐이다.

시인 **김보규** 편

🎵 **시낭송 QR 코드**
제　목 : 쇳덩이, 날아가다
시낭송 : 최명자

시작노트

그것은 쓰레기가 아닌,
사람과 사람 사이의 상처였다

분명,
조각난 상처들의 아우성이었다
날카로워진 상처의 분노가 성 곯아
화기 찬 염증에 찔러댄 겹 상처의 폭발물들

배 끝을 타고 오르는
거친 숨소리가 하얗게 해 길을 트면
순백의 기도를 타고 떨어지던 새벽 별에
거리의 어둠이 말끔히 쓸려나갔다

이제,
해찬 나래로 주는 선물을

받으러 가자
다시 날아보자,
오늘의 새 날개로, 훨훨 ~

　　　　　　– 어둠의 상처 중에서 –

*해찬나래– 햇빛이 차서 더욱 높이
　　　　　　날 수 있는 날개의 순우리말

077

晩秋로 가는 길 / 김보규

인생은 草路와 같다는 말이
가을 들녘을 지나는 耳順의
과녁을 흔쾌히 명중시켰다

생각해보면
기쁘고 좋은 일이야
나는 새처럼 빠르게 지나가지만

힘겹던 시련의 길목은
왜 그리 비틀어지고 끝도 보이지 않아
절망을 딛고 수없이 울며 걸어갔어도

지나고 보니
불행과 행복은 한 꼬리를 물며
포물선으로 오르내리며 리듬을 타지

晩秋로 가는 길
불사르던 가슴에 못다 한 이야기들이
바람 한 줌에 달려 아득히 나는 피안의 새
저 눈 부신 빛으로 세상을 넘는 고운이여!

하얀 벽에다
그대의 가는 길 알록달록 붙여 놓고는
적어도 하루쯤은 온종일 마주하며
고운 이와의 송별을 나누고 싶구나

달개비 꽃 / 김보규

새벽을 건너온 사람
수많은 사연을 달고 와

새벽이슬에
함초롬히 서 있는
달개비의 쪽빛 가슴에 기대어
갸웃이 고개 숙여 무엇을 생각할까

지나는 길목에
다소곳하니 앉아
스쳐 가는 뭇 이들의 발꿈치를 훑으며

한 생각,
두 생각
달개비 마디에서 숨을 고른다

순간의 번득임,
뇌리를 스칠 때

밤새 따라붙던
상념들 도르르 말아 들고

칠흑 어둠 속에서
별을 살라 빚어 놓은
맑은 이슬에 던져 놓고는

힘차게 오르던
태양 빛 아래서
꿈길처럼 사라지더라

신천교 둑길 / 김보규

어린 시절을 달리던 신천교 둑길은
대체로 길게 들어선 판잣집이 많았으나
이따금 꽃처럼 핀 빨간 양철 지붕은 단번에
두 눈을 사로잡아 앉힌 후 다른 곳을 보게 했다

힘차게 오르던 새벽녘의 태양은
늘 등 뒤에서 올라, 본 적은 없지만
저녁놀 피는 서녘의 집들은 신천을 사이에 두고
건넛마을을 감싸듯 안은 어미의 품으로 누워
노을 속에서 꿈결처럼 감미로웠다

나란히 줄을 대며, 딱히 담이랄 것도 없이
다닥다닥 붙은 신천의 둑길 일자집에도
숨 돌린 꽃밭이 몇 집 건너 얼굴을 내밀면

새침한 분꽃은 입을 열어
넉넉한 웃음이 좋은 꽃들을 동무하며
다홍빛 미소를 꽃등처럼 내다 걸을 때
힘없는 처마를 붙들고 선 녹슨 철사 줄에선
하련의 설은 꿈들이 하늘하늘 피어올랐다

석양은
저 산을 물들이고 내려와
신천교 둑길을 찬란히 드리우고는
둥글게 펼친 분꽃의 치마폭에 누어 가던 날

아,
그것은
가없는 이들을 향한 사랑의 투혼
마지막 혈흔마저 토해낸 하늘의 빛이었으니

소녀의 감동 어린 눈물은
여전히 꽃 빛 하늘을 안은 채 반세기를 넘어와
고즈넉한 저 하늘을 발갛게 달궈내며 별을 찾지.

치매 / 김보규

하얘진 세상에
맥없이 날아오른 흰나비

팔랑이는 날갯짓 따라
아득한 추억들이 햇살을 물고
병실 문 창가에 앉아 꿈꾸는 오후

추억은
봄날에 날리던 꽃잎일까
겨울에 날리던 진눈깨빌까

베네 짓 마냥
방그레 웃는 미소는
어디를 다녀온 몸짓일까

불쑥 화를 내며
큰 소리 낼 때에는
어떤 응어리 토해내는가

이곳을 떠나
어디를 돌며 가며
멈추어선 철로 옆을 서성이는가

희망이 잠들 때 / 김보규

언제부터인가
고무풍선처럼 새어버린 내 안의 꿈은

늘
민통선 너머의 삼팔선으로 가로질러
넘어 서서는 안 될 금지령으로 누워있다

때론
어두침침한 곳에서 서러니 울다가
사시나무로 떨다 잠든 사람아, 사람아

목멘 바람이
찬비로 구를 때에도
소망의 꿈 저 하늘에 달아 놓았다.

삼 프로의
희망도 철문을 뚫어
한 줄기 새어든 빛에 눈이 부시다

늦은 밤
검은 휘장을 뚫고 나온 별 하나가
하~얀 목화로 피어 오니
오늘 내가 따뜻하겠다

이방인 / 김보규

삶이 낯선 이들은 웃지를 않지
봄이 와도 봄이 온 줄을 몰라
바람결만 스쳐도 얼굴 붉혀진
진달래의 속사정도 알 필요가 없지

홍매화 화르르 붉어지며
그대의 귓전에서 꽃으로 속삭여도
나는 너를 알지 못한다며 냉정히
뒤돌아선 그대의 회색빛 꼬리는
언제 잘릴 것인지 나는 슬퍼

마지막 소천을 기다린 듯하지만
뒤돌아보는 간절한 절규의 눈빛은
길 잃어 중천을 맴도는 낮달이 되어
할 일 없이 초침 바늘만 따라 돌고

심장 하나 달고 와 꽃을 단 리스는
화려한 거짓 미소로 나를 위로하듯
웃으리, 웃으리 찰칵찰칵
어제도, 오늘도 밤낮없이 찍어댄다

낚시터에서 / 김보규

저수지 낚시터에
고기 차가 들어오고
1차, 2차, 3차로 나뉘어
물고기들이 풀어진다

장어와 메기떼가
와르르 저수지로 쏟아져 내린다

대 방생
영광의 탈출이 시작되었다

극한의 자유를 찾아
사방으로 튀던 물고기들이

제 세상 만난 듯
우왕좌왕 날뛰다
쏜살같이 사라진다

기쁨도 잠시
물거리도 아닌데
여기저기서 낚싯줄에
꾀어 오는 모양새를 보노라니

커다란 아가리마다
덥석 물린 시울질에
명줄이 대롱대롱

힘 좋다고 소문난 몸뚱이
광기로 발광해 보지만
주머니 어망 속 신세라

아뿔싸!
치욕의 일제 36년사에서
극적인 해방을 맞이했으나

자유의 기쁨을 누리기도 전
6.25의 참사를 겪던
同族相殘의 한반도가
왜 떠오르는 걸까?

이 낚시터에서.

절제되지 않은 자유
꾀임과 홀림에 넘어간 미끼

한 번 물리면
빠져나가지 못하게
거스러미처럼 만들어 놓은 미늘

우리도
삶의 현장에서
낚시터의 물고기로 살지는 않는지

낚시터 물속 안에도
세상의 축소판이 있어
어리석음을 잠시 들여다본다

꽃상여 / 김보규

오월 봄비에
라일락 꽃잎이
바람결에 흘리다
고인 빗물에 떨어졌어라

안타까이 바라보는
이내 눈길은 묻는다

"어찌하여 너는 울지도 않더냐?"

침묵은
소리로 인한 상처를 치유한다 했던가?
그저 미소하게 일렁이는 물길 위에 앉아
그 설은 빛, 자태도 고귀하구나

석가모니 오시기 전, 오늘
빗속에 보내는 너의 꽃상여는
내일 오실 부처의 길을 앞서 닦았더냐

별사탕 별찌 / 김보규

오빠의 할아버지는 머슴이었고
오빠의 아버지도 머슴이었다
외가댁 뒤채에서 오랜 세월을
농가의 일손을 도맡으시며

어찌어찌하여 얻은 늦둥이 아들
엄마 없이 큰형수 손에 맡기니
밤이면 나직이 난 창문위로
잎담배 연실 피어올랐다.

뒤채로 난 양지녘에
밑둥 잘린 옆으로 오동나무 잘도 자라
가난이 유전처럼 내리는 씨알을 없애려

천씨 아저씨
느즈막이 얻은 아들 잘되기만을
자나깨나 천지신명께 비는 마음은
밤이면 나와 오동나무 주위를 맴돌았다

그래서인지
건실히 자란 아들은 반듯한 이목구비에
누가 봐도 머슴의 아들 같지 않은 귀티가 흘렀다

꿈 많던 여고 시절, 가랑머리 소녀는
방학 때이면 외가댁에서 오빠를 만났다
방위를 받던 오빠가 건네준 건빵 안에는

고소한 건빵 사이사이에
분홍빛으로, 하얀빛으로 수줍게 웃고 있는
별사탕의 가슴 떨림도 못 듣는 척 들었다

개학을 앞둔 십자로에서
애잔한 눈망울만 남긴 채
그도 가고, 나도 가고 세월도 갔는데

오늘
계곡 도랑을 끼고 도는 산책로에
별사탕 닮은 풀꽃이 샛별처럼 반짝이며

오빠도 없는 추억이
하얀 가슴에 분홍꽃으로 피어서
맑게 흐르는 물가에 잠겨 마냥 웃고 있다

이미
오래전에
살만하니 교통사고로 가셨다는 충격적인
비보는 덧없는 생으로 떨어지던 별사탕 별찌

쇳덩이, 날아가다 / 김보규

태초에
고집스런 쇳덩이의 본성은 원죄란다
그 죄를 사함으로 부름 받은 날

우연히
거듭 태어나야 한다는 신의 말을 듣고
산 제물이 되기로 한 쇳덩이였다

뼈마디, 뼈 한 조각
남김없이 몸을 사르며
마침내 용광로에서 화려한 꽃불로 피어나

맞아야 산다는 괴변을 안고
온몸으로 산고를 치러야만 했다

나를 안고 도는 세상이 하 어지러워
헛구역질, 토악질을 견뎌야 했어도
수 없는 담금질에 내 참 뼈를 찾았지

제 무게에 얽매이지 않는 날개도 달아
그 아집을 박차고 나는 새 한 마리
검푸른 새벽을 가르며 사람을 향해
누구의 도구가 되려 날아가는가

저 비상의 새를 만든
사람과 사람들 사이에 맺어진
삶 속 인연의 도구로 사용하면서

나도,
저들도
그리 살고 있는 걸까?

시인 **김상화** 편

 🎵 **시낭송 QR 코드**
제 목 : 가고 있는 가을아
시낭송 : 박태임

프로필

1964년 청주대학 상과 졸업
　　　　동 대학 대학원 수료
1971 ~ 79 충청신용협동조합 이사장 역임
1977년 국무총리상 수상
1978년 일본 중앙 협동조합 −경영 전과정 수료
대한문학세계 시 부문 등단
대한문학세계 수필 부문 등단
(사)창작문학예술인협의회 정회원
대한문인협회 서울인천지회 정회원
(현) 매헌 윤봉길의사 문학상 운영위원 회장
(현) 부동산 개발업 종사

가고 있는 가을아 / 김상화

네가 올 때는
부드럽고 따사로웠는데
가려고 하니
찬 서리 내리고
찬바람이 이는구나

갈바람 행복 싣고 와
임의 가슴에 안겨 놓고
언제나 행복하길 바랐는데
네가 떠나면 난 어찌하느냐

풍요롭게 가을걷이 끝내고
나뭇잎 색동옷 입혀놓아
보는 사람
고아라! 입 벌리게 해놓곤

곳간에 곡식 채우고
고운 단풍 구경시키더니
아름다운 낙엽 바람에 나려
가고 있는 가을 아!
공허한 마음 달랠 길 없구나.

김상화 시인

당신께 받치는 봄 향기 / 김상화

여보,
봄이 왔어요!
봄 향기가 진동하네요.
그 소식 전하고 싶어
바람은
살랑살랑 꼬리를 칩니다.

아름다운 당신께
선물하려고
그 향기 한 줌 움켜쥐고
당신
있는 곳으로 달려갑니다.

봄에 핀 꽃향기가
아무리 향기롭다 한들
살짝 터트린
당신의
미소만큼 향기롭진 않겠지요.

미소는 아름다운 선물 / 김상화

미소는
내가 남에게 주는
사랑의 보석이며
남을 아름답게 만들고
내 마음도 아름다워집니다

미소는
나를 보는 사람에게
기쁨과 향기를 주고
내 영혼을 맑은 샘물처럼
깨끗하게 만들어 줍니다.

미소는
영롱한 아침 이슬처럼
순수한 내 영혼을
남에게 주는
최고의 아름다운 선물입니다.

봄비 내리는 날 / 김상화

고요하게 봄비가 내려
이 땅에
축복과 희망을 안겨 준다.

땅속에선 겨우내 잉태한
새싹들이 잠에서 깨어나
기지개 켜며 움틀 준비 한다

곧 날씨 풀리거든
힘차게 돋아나라고
생명의 물을 주나 보다

네가 내려준
물 한 모금 마시고
파란 새싹
예쁘게 솟아오를 땐
기쁨의 함성 터져 나올 거다.

세월의 무상(無常)함 / 김상화

세월의 무상함을
생각게 하는
반년이 지난 유월의 여울목

한해의 절반을
삼켜버리고도
무정하게
달리고 있는 세월이라네.

달빛
고요히 스미는 밤
살며시
안부 전하고 싶은 임이여

예쁜 별님과
눈 맞춤으로
복잡한 마음 다 내려놓고
행복한 꿈으로 장식하소서!

오늘이란 귀한 손님 / 김상화

잠에서 깨어나면
오늘이란
하루가 주어진다.
아무 생각 없이
우리는 하루라는
날을 무심코 맞이한다.

과연 이 보배롭고 귀한
24시간의 공간을
무엇으로 알차고
보람되게 보내야 할까요?

사랑으로 가득 채우고
목표를 정한
열정으로 가득 담아
행복으로
가득가득 채워봅니다

잘 모셔야 할 손님
대접하듯
즐거운 날로 승화시켜
오늘은 또 오지 않는
평생에
한 번밖에 없는
귀하고 귀한 손님이니까요.

자연을 닮아 살자 / 김상화

밤새도록 함박눈이
소복소복 쌓이더니
하얀 세상이 되었습니다.

꽃을 피우지 못한
메마른 고목도
하얀 눈꽃이 피었습니다.

오염된 우리의 마음을
하얗게 비우라고
자연은 일깨워 줍니다.

거짓 없는 자연과 함께
언제나 즐겁고 평화롭게
자연을 닮아 살라 합니다.

김상화 시인

정녕 가을은 왔는가! / 김상화

얼마나 아름다운 하늘인가?
파란 하늘에 흰 구름 한 점
그사이 고추잠자리 날고
꿈과 희망 사랑이 가득 날아온다.

가을은 열 발짝 다가왔는데
바람은 시원하고
코스모스 가을 내음 풍기니
이웃집 예쁜 꽃분이
시집갈 준비에 엄마가 바쁘구나!

이젠 정녕 가을인가?
입추가 지나기 무섭게
귀뚜라미 구슬픈 소리에
옆집 총각 잠 못 이룬다네.

행복으로 승화시키는 날 / 김상화

이른 아침부터 창밖엔
새들의 지저귀는
아름다운 소리가 들린다.

오늘은
모든 일이 잘
이루어질 것 같은 예감
행복한 날로 승화시켜 보자

길을 나서면
길 양옆엔 장미가
방긋 웃으며
바람에 향기를 날리고

화사한 하얀 햇살과
파란 하늘을 장식한
몇 점의 흰 구름은
한 폭의 예쁜 그림 같구나.

바람에 부딪히는
나뭇잎 소리 곱게 들리고
새들의
노랫소리 감미롭게 들린다.

한 조각 남은 첫사랑 / 김상화

불볕더위가 나를 향해
쏟아진다 해도
오늘은
왠지 기분이 상쾌하다

먼 옛날 꽃을 피우지 못한
아름다운 첫사랑의 임이
보일 듯 말듯
머리에서 떠나질 않는다.

철들지 않은
순박한 나이이었는데
그때의 추억이 감미롭고
향기롭게 느껴지는구나!

매미가 우는 언덕 저편에
첫사랑의 어여쁜 소녀가
무엇을 생각하며 서 있는
아름다운 모습이 눈에 선하다

지금 혹여 만날 수 있다면
아직 남은 한 조각의 사랑을
분홍 포장지에 곱게 싸서
드리고 싶은 심정 웬일일까?

시인 **김선목** 편

♣ 목차

🎵 **시낭송 QR 코드**
제 목 : 오월의 그대여
시낭송 : 박순애

시 <삶의 끈> 중에서

내 마음에 걸리는 사람 때문에
마음이 아파져 옵니다.
내 어깨에 기대는 사람 때문에
어깨가 무겁습니다.

혼자서 해야 할 일 너무 많아서
손발이 저릴지라도
혼자서 감당할 일 너무 벅차서
가슴이 답답할지라도

가온 누리 / 김선목

우리나라 꽃을 멋지게 노래하는
그대는 누구 그 누구시기에
산다라한 모습 대나무 같으신가?

가온길 가리라던 젊은 꿈이
세차게 솟구치던 그 옛날
나랏일이 바람 앞에 촛불 같을 때

이 나라 살린 목숨 바친 눈물
나라 사랑한 자랑스러운 얼굴들
나린 한 별 온 누리에 빛나누나!

오늘도 대쪽처럼 꼿꼿한 초아는
드렁칡처럼 얽힌 부라퀴에게
대쪽 들고 가온 누리 꾸짖는다.

가온 누리 – 모든 일이 세상의 중심이 되어라 / 산다라 – 굳세고 꿋꿋하다
가온길 – 정직하고 바른 가운데 길 / 온 누리 – 온 세상 / 나린 – 하늘이 내린
한 별 – 크고 밝은 별 / 초아 – 초처럼 자신을 태워 세상을 비추는 사람
드렁칡 – 산기슭 언덕에 얽혀있는 칡넝쿨
부라퀴 – 자기 이익을 위해서는 물불 가리지 않고 덤비는 사람

삶의 끈 / 김선목

내 마음에 걸리는 사람 때문에
마음이 아파져 옵니다.
내 어깨에 기대는 사람 때문에
어깨가 무겁습니다.

혼자서 해야 할 일 너무 많아서
손발이 저릴지라도
혼자서 감당할 일 너무 벅차서
가슴이 답답할지라도

가끔은 무거운 가슴 펼쳐놓고
웃어 보기도 하면서
가끔은 힘겨운 어깨 풀어놓고
기대 보기도 하면서

내 마음에 걸리는 사람 위해서
행복의 끈을 잡습니다.
내 어깨에 기대는 사람 위해서
희망의 끈을 잡습니다.

그리운 어머니 / 김선목

찔레꽃 향기로운
내 고향 오솔길
아침 햇살 한 아름
안겨올 때면

내 맘에 피어나는
어머니 생각에
그리워 그리워서
먼 하늘 바라보며

어머니, 어머니,
어머니를 불러봅니다
보고 싶은
나의 어머니……

그리움이 밀려오는
달빛 고운 밤
소쩍새 우는 소리에
애절한 마음

가슴에 밀려오는
어머니 생각에
보고 싶고 보고 싶어서
저 먼 달을 보며

어머니, 어머니,
어머니를 불러봅니다
보고 싶은
나의 어머니……

들꽃 같은 당신 / 김선목

들꽃처럼 소박한 나만의 당신
나는 들꽃을 맴도는 들풀처럼
당신을 바라볼 수 있어 행복합니다.

아침 이슬 영롱한 꽃 이야기
밤안개 속삭이는 아늑한 사랑아
당신을 사랑할 수 있어 행복합니다.

비가 오나 바람 부나 서로가
서로를 위로하고 감싸주면서
당신과 동행할 수 있어 행복합니다.

내 가슴에 핀 들꽃 같은 당신
한평생 함께 익어가는 사람아
당신이 곁에 있어 진정 행복합니다.

오월의 그대여 / 김선목

푸르디푸른 청춘이여
계절의 여왕 오월이여
청개구리 합창 그리움이여

내 마음 두드리는
그대 사랑의 밀어
메아리는 숲에서 웃고

청개구리 소쩍새
울어 예는 파란 밤의
그리움이 살랑이네요.

산새들 재잘거리듯
파랑새 날아들 듯
파란 깃 휘날려 오시려나.

오월이 속삭이는
초록산 바라보니
그대의 미소 팔랑입니다.

인생이 남기는 것은? / 김선목

제가끔 피어난 꽃들이
다복다복 어우러져서
뽐내다가 낙화하는 것은
밀알의 씨 남기려는 때문인걸.

숲 속에 홀로 핀들 뉘가 뭐랄까
어울려 필 때 빛이 나린데
한세상 어울려 살면서
이름 하나 남겨보시구려

이름 없이 태어난 그 날
조막손 불끈 쥔 바람은
떳떳한 삶 누리다가
이름 하나 남길 꿈일 거예요.

사랑의 오솔길 / 김선목

찔레꽃 추억 피어난 오솔길에
임 생각 한 아름 안겨오는
설레이는 마음들이 두근거려요.

가시 찔린 새끼손가락 걸면서
수줍던 눈망울 붉어진 마음
뒤돌아서던 그 옛날 그리워라

새하얀 순정을 곱게 물들이던
연정이 넘쳐흐르는 시냇가
나 여기 그냥 두고 사랑할래요.

지난날 순정을 꽃피우렵니다.
지난날 연정을 꽃피우렵니다.
찔레꽃 피는 사랑의 오솔길에…

꽃바람 / 김선목

내 마음 깊은 곳에 새근대던
그리움이 솟아나는 봄
시냇가 버드나무 움이 틀 때면

내 맘의 창문도 빗장도 열리고
꽃과 바람은 연인 되어
눈뜨는 꽃망울을 쓰다듬는다.

꽃향기 흐르는 고향의 내음
전하러 달려온 우물가에서
매화타령 흥얼거리며 춤을 춘다.

봄바람 불어 좋은 꽃바람아
사랑의 향기 휘날리어
빗장 열린 내 마음을 채워다오.

김선목 시인

낙엽의 꿈 / 김선목

깊어가는 가을밤에
낙엽이 이렇게 바삭거린다.
몸도 마음도 비우고
이젠 떠나야 해

꽃바람에 움튼 푸른 잎
한여름 땡볕의
그늘막엔 맴맴
웬 성화였나!

꽃향기 날리는 봄날부터
마지막 잎이 질 때까지
그토록 사랑한
너를 못 잊어.

노을빛 붉은 바닷가
산모퉁이 찻집의 고독은
갈바람에 날 리우고
낙엽은 봄바람을 그리워하며
길을 떠난다.

동행 / 김선목

언제일까? 둘이 함께 걸어온 길
우리는 좁고도 긴 이 길을 함께하며
험한 길 평탄한 길 탓하지 아니하고

서로를 위로하고 서로를 감싸주며
길고도 짧은 세월 함께하니 행복하오!
이것이 사랑이라 이것이 인생이라.

햇살 같은 미소로 하루를 맞이하며
얘기를 하지 않아도 마음이 통하는
천사 같은 당신이 있어 행복한 일상

그대와 가꾸어 가는 사랑의 꽃밭에서
당신이라는 사랑의 꽃 정성으로 가꾸며
오래오래 함께, 동행하며 살아가요.

북경에서 우연히 읊다

신채호

寂寂桃燈坐(적적도등좌) : 적적하여 등불 돋우고 앉았으니
非爲守六庚(비위수육경) : 여섯 도리를 지키기 위함은 아니도다
石才慙後死(석재참후사) : 재주 없는 사람이, 늦게 죽음이 부끄러워
無漏悟前生(무루오전생) : 다른 생각이 없다면, 내 전생을 알겠도다.
世薄難爲客(세박난위객) : 세상 인심 야박하니, 길손 되기도 어려고
春來若有聲(춘래약유성) : 봄이 되니, 무슨 소리 들리는 듯하도다.
一朝貧富異(일조빈부이) : 하루 아침에 빈부 달라지니
始識故人情(시식고인정) : 친구의 마음도 변하는 걸, 비로소 알았도다.

시인 **김수미** 편

♣ 목차

♪ **시낭송 QR 코드**
제 목 : 바람
시낭송 : 김지원

프로필

(사)창작문학예술인협의회 정회원 및 감사
대한문인협회서울인천지회 고문
시인, 수필가 시낭송가
시낭송 전문교육강사
(주) 인스존 이사

〈수상〉
2005년 6월 '황토 문학상'
2008년 12월 '창작문학 예술인 금상'
2010년 12월 '대한문학세계 최우수 문학상'
2014년 12월 '한국 문학 향토문학상'
2014년 12월 '평생학습 강사상'

〈공저〉
'현대특선시인선' '사랑,느낌',
'들꽃처럼1,2집', '사랑의연가' 등 다수

〈기타〉
· 월간 아름다운가정
  '엄마 내 맘 알지요?' 수필 실림
· LIG 사보-'따끈한 양은 도시락' 수필 실림
· 충남일보-'달속에 별' 시 실림
· 국립경주문화재연구소
  -시가 있는 덕수궁 가을길-
· '가을 숲' 시화전시 등

바람 / 김수미

바람이 분다.

산등성이 넘어
나뭇가지 사이로 바람이 분다.

가지에서 떨어진 나뭇잎 하나.
휘청 휘청 하늘하늘.

바람에 몸을 싣고
날아오르듯 내려앉듯 빙그르르 원을 그린다.

나는 살며시 눈을 감고
두 팔을 한껏 크게 벌려
바람을 온몸으로 안아본다.

품으로 안겨오는 바람
누군가의 품이 그리웠나 보다.

빈 가슴으로 산을 넘고
그리운 그 누군가를 찾아 방황했나 보다.

두 팔 벌린 내 가슴에 기대어
윙, 윙. 큰 소리 내어 울다가
따뜻한 바람 되어 다시 머나먼 길을 떠나간다.

주머니 속에 담고 싶은 사랑 / 김수미

화려하지 않아도 좋다.
멋스럽지 않아도 좋다.

진실함이 가득한 사랑이라면
모나지 않은 동그란 사랑이라면
내 주머니 속에 담고 싶다.

소박하지만 순수한 사랑.
따뜻하고 포근한 사랑.
알록달록 수식어가 필요 없다.

때 묻지 않은 진실한
그 마음 하나면 족하리라.

이별 / 김수미

이별이란 말이 두려워
입술을 꼭 깨물었습니다.

힘겨워하며 바라보는
그대의 슬픈 눈빛에도
마지막 순간까지 견뎌내라고
그대의 손을 꼭 잡았습니다.

하지만
먼 하늘에 시선을 둔 체
차갑게 떠나가는 그대를
붙잡지도 못하고 그저 눈물 속에
그대를 보내야만 했습니다.

그대가 좋아하던 안개꽃은
여전히 포근한 그대처럼 피어있는데

그대는 빛바랜 사진 속에서
슬픈 미소만 지어 보입니다.

향 연기 속에
그대와의 이별은

그대를 사랑했던 사랑의 무게만큼
긴 그늘의 아픔을 만듭니다.

사랑아, 사랑아 보고지고 / 김수미

밤 새소리에
두고 온 고향의 부모형제가 서럽도록 그리운 날

내려앉은 억장이 가슴을 짓누르며
숨쉬기조차 버거운 응어리들이 복받쳐 올라온다.

하염없이 흐르는 눈물
쏟아내도, 쏟아내도 화수분처럼 멈출 줄 모르고
야속한 둥근달은 그리운 얼굴들로 환하게 미소 띤다.

사랑아, 사랑아 보고지고
이 내 가슴 어이하나, 어이하나

보고지고, 보고지고
타는 가슴 그리움에

이 밤도 슬픔에 녹아 흐르는
작은 촛불의 눈물처럼 속울음을 우노라.

전쟁의 상흔 / 김수미

고요한 새벽 천지가 개벽하듯 요동치는 땅울림
귀를 에이는 창백한 소리 창공을 가르고
푸른 하늘은 그 빛을 잃어 하얀 창백함으로 물들었다오.

두려움에 떨던 어린아이의 눈빛
엄마의 옷자락 부여잡은 가녀린 손목
마른침 삼키며 눈물 한 방울조차 흘릴 수 없는
절망의 시간 시간들.

그날의 아픔이
그날의 고통의 소리가
말 없는 눈물의 비명이 아직도 귀에 메아리치는데…

반달 / 김수미

하늘가에
띄워놓은 쪽배 한 척

내 님을 싣고
은하수 건너 푸른 섬으로 가고 싶다.

반짝이는 별빛 등대는
작은 낙원으로 뱃길을 인도하고

은하수 강물 병에 담아 뱃머리에 놓고

세레나데를 부르며
내 작은 섬으로 노 저어 가리라.

양은 도시락 / 김수미

울퉁불퉁 찌그러진 귀퉁이
손때 묻어 반질거리는 볼품없는 양은도시락

왁자지껄 아이들의 소리
웃음과 함께 층층이 쌓여지는 도시락 탑들

조개탄 난로 위에 노란 탑이
모락모락 숨을 내쉬며 추운 겨울을 녹여 내고 있다.

담쟁이 / 김수미

붉은 벽돌담을 온몸으로 끌어안고
부는 바람을 야윈 몸으로 업었다.

고향 길 / 김수미

뿌연 흙먼지 피어나는
울퉁불퉁 고향 길

빼곡히 들어선 나무그늘과
구비 돌아 흐르는 시냇물의
흥겨운 휘파람 소리

한 고개 넘어가니,
수줍게 모여있는 빠알간 산딸기들

두 고개 넘어가니,
반갑다고 맞아주는 초록 융단 토끼풀 밭

세 고개 넘어가니,
옹기종기 모여있는 정겨운 작은 마을

등 토닥이듯 따뜻한 바람결에
어머니 품속 같은 정겨운 고향 길.

이목구비(耳目口鼻) / 김수미

반듯하게 잘 생겼네.

새겨듣고 다시 듣고
올바르게 알아듣고

바로 보고 좋게 보고
귀히 보고 옳게 보고

기도하고 칭찬하고
노래하고 미소 짓고

백향목 향기처럼
소나무 향기처럼

인생의 이목구비
잘 생기게 살아가세.

시인 **김이진** 편

♪ 시낭송 QR 코드
제 목 : 그리움은 붉은 노을 되어
시낭송 : 박영애

프로필

월간 한울문학 등단(2005)

한국문인협회 정회원

(사)창작문학예술인협의회 정회원

대한문인협회 강원지회 정회원

유니세프한국위원회 회원

사랑의 장기기증 운동본부 회원

1365자원봉사 회원

영월교육지원청 자원봉사동아리 『디딤돌』 회원

다음문학카페 『행복향기 시인 김이진』

꽃비 / 김이진

너무나
아름다운
무희의 몸짓인가

어느
시인의
가슴은 흠뻑 젖었다

한 줌
바람에도 일렁이는
그녀의 숨결을 느끼고 싶음이다.

꽃비의 유혹 / 김이진

마음껏
흔들려 보자

마음껏
취하여 보자

마음껏
설레어 보자

마음껏
사랑해 보자

마음껏
춤추어 보자

꽃
비
의

유혹에…….

사랑이네 / 김이진

그리움
빗물 되어
가슴을 노크하네

꽃비의
앙증맞음
눈물은 사랑이네

그녀는
행복비타민
향기바람 춤춘다.

김이진 시인

그리움은 붉은 노을 되어 / 김이진

베란다 창 너머로
그리움은 붉은 노을 되어
석양에 걸터앉아 편지를 쓴다

긴 머리
바람결에 일렁이며
달려올 것만 같은 당신을 기다리며
동구 밖으로 마중을 나간다

좁은 골목길을
지나는 바람은 허락도 없이
내 가슴을 흔들고
어둠속으로 하나, 둘
수많은 그리움들이 손짓을 한다

공원 구석에
자리한 빈 그네는
바람에 삐거덕 거리며
작은 그리움을 토해낸다

발길을 옮긴다
그리고 빈 그네에 걸터앉아
그리움의 향기 당신을 불러본다.

길 / 김이진

잠시 숲속으로
발길을 옮긴다

나 혼자만의
시간 속 여행이다

작은 옹달샘
누군가 이아침
입술을 적시고 갔을 것이다

아침 고요를 깨우는 초록 친구들
상큼한 향기바람이 가슴을 흔든다

이제
또다시
발길을 옮겨야 한다

날마다 걷는
그 길속으로…….

운동장으로 달려온 코스모스 / 김이진

아이들의
해맑은 웃음소리가
운동장을 들썩이게 한다

그 모습이
얼마나 부러웠으면
아직 가을은 저만치 있는데

어린 코스모스가
운동장으로 달려 나와
따가운 햇살아래에서
바람과 예쁜 사랑에 빠져
행복의 노래를 부르고 있다

나를 봐 달라는 눈빛일까
파아란 하늘 올려다보며
방긋 방긋 웃고 있는 모습이
소풍 나온 유치원 아이 같다.

추억은 그리움 같은 것 / 김이진

추억은
세월의 깊이만큼이나
그 시절이 그리워지는 것일까

기찻길 옆
오막살이 판잣집

시커먼
연기를 내 뿜으며
굉음을 질러대던 철마

판잣집은
삶에 지친 엄마처럼
금방이라도 쓰러질 듯 휘청거린다

철길을
놀이터 삼아 뛰어다니고
엄마를 찾아 늦은 저녁까지
철길을 서성거리던 아이

저 멀리
어둠 속으로
엄마가 힘없이 걸어온다

아이는 달려가
엄마 품에 와락 안겨
꺼이꺼이 울음을 토해낸다

늦은 시간까지
시장 난전에서
생선 장사를 하시던 울 엄마

세월의 깊이만큼이나
가난 했지만 그때 그 시절이
오늘따라 많이 그립고 보고픔이다.

김이진 시인

그리움 하나 / 김이진

출근 길
어디론가 무작정
떠나고 싶음이다

사무실 창가에서
그리움 하나 담아
빗소리에 젖어 가을을 마신다

수화기 너머로
들려오는 그녀의 목소리

보
고
싶
다
는

그 말

가을비만큼이나
내 가슴을 촉촉하게 적신다.

가을 그대 / 김이진

요선정 강가에서
바람을 포옹했지

저녁놀 그리움은
가슴을 흔든다네

내 가슴 흠뻑 취했지
가을 그대 유혹에…….

김이진 시인

향기바람 불면 / 김이진

향기바람 불면
아름다운 언어들의 속삭임
한 줌 꽃비가 되어 내리겠지

향기바람 불면
진한 그리움은
달콤한 단비가 되어
우리들의 뜨거운 가슴
촉촉하게 적시어주겠지

향기바람 불면
기쁨으로
사랑으로
행복으로
감사함으로
축복해주겠지

오늘도
상큼한 향기바람
아름다운 꽃비와 함께
신바람 나게 왈츠를 추겠지.

시인 **김정희** 편

♪ **시낭송** QR **코드**
제 　목 : **인사동 연가**
시낭송 : **최명자**

시작노트

잊을만하면 한 번씩 화차가 지나가는 곳
녹슨 기찻길 가에 자리 잡고 피어난 이름 모를 야생화야
고운 네 모습이 애처롭구나

너는 어디에서 왔니
온 곳도 돌아갈 그곳도 기억하지 못하는 너인들
산허리 고갯길 기적 소리 요란한 녹슨 기찻길에
밟히고자 여기에 피어 있겠는가
(중략)

옷깃을 스치는 인연일지라도 너를 기억해 달라고
내 발길을 머물게 했는가

김정희 시인

녹슨 기찻길에서 야생화를 만나다 / 김정희

잊을만하면 한 번씩 화차가 지나가는 곳
녹슨 기찻길에 잡고 피어난 이름 모를 야생화야
고운 네 모습이 애처롭구나.

너는 어디에서 왔니
온 곳도 돌아갈 그곳도 기억하지 못하는 너인들
산허리 고갯길 기적 소리 요란한 녹슨 기찻길에
밟히고자 여기에 피어 있겠는가!

바람이 데려다준 곳 새가 데려다준 곳
운명처럼 자리한 그곳에 저항 없는 순응으로 머물러
생명을 다해 피어있을 뿐이겠지

꽃이 진자리 새 생명으로 익어가면
또다시 새가 데려다주는 곳 바람이 데려다주는 곳
돌아올 기약 없이 따라가
머무는 자리마다 그리움으로 피어나겠지

옷깃을 스치는 인연일지라도 너를 기억해 달라고
내 발길을 머물게 했는가?

홍시 / 김정희

떫은 감이 서서히 말랑하게 익어 가듯
너와의 어설픈 그리움도
홍조 띠며 달콤하게 농익어가면 좋겠다.

끝없이 펼쳐진 짙푸른 하늘 아래
가지 끝에 달린 홍시가
내 삶에 가을로 찾아온 그대인가

주홍빛으로 젖어드는 수줍은 마음을
고운 수채화로 채색하며
흔들리는 여심에 성큼 한 계절 다가서 있구나.

김정희 시인

사월에 내리는 눈 / 김정희

눈 내린 듯 산야에 가득 피어난 하얀 벚꽃
아름드리나무 아래로 흩날리는 꽃잎이
달빛에 푸르게 빛나는 몽환 같은 밤
그대와 함께 꿈을 꾸듯 다정하게 걷고 싶습니다.

일 년 내내 피어 있으면 얼마나 좋을까마는
화려하게 피었다가 한순간에 떨어지는 꽃이기에
더욱 아름답고도 아프겠지요.

그곳에서라면 지고지순한 마음으로
그대 향한 내 사랑을 고백해도 용납될는지

바보같은 내 사랑은 마음의 벽을 허물지 못하고
그저 멀리서 바라만 보라고 하네요.

다시 사월이 오고 이지러진 꽃잎처럼
마음엔 그리움 꽃비로 뚝뚝 떨어지는 날
그대 내게로 오시렵니까.

사월에 내리는 꽃눈 맞으며

인사동 연가 / 김정희

첫눈 내리는 인사동
어느 찻집 모퉁이에 그대를 두고
홀로 걷는 쓸쓸한 걸음에 밟히는 얼굴

찬바람은 가슴을 파고드는데
자존심에 누구냐고 묻지 못한 착잡함이
갈지자를 그린다.

잡지도 못하고 놓지도 못하는 미련 앞에
흩날리는 눈발은 왜 이리 쓸쓸한가!

나란히 걷고 싶던 마음 닫아 둔 채
이젠 정녕 떠나려는 이 마음을 그대 아는지

글썽이는 눈물에 어리는
바람에 춤추는 포장마차 백열등
텅 빈 마음 어찌 알고 나를 이끄는가.

풀더미만 걸어오더라. / 김정희

장대비 내리는 날
귀하신 몸 암소는 외양간에 모셔 두고
아버지는 꼴 베러 산으로 가셨다.

야윈 어깨에 굳은살 박이도록 짊어지신 삶의 무게는
평생을 지고 가신 십자가였을까

손끝 갈라져 피가 흐르도록 일만 하시던
아버지는 보이지 않고
저 멀리서 지게에 가득 실린 풀더미만 걸어오더라.

실비 내린 산책길에서 / 김정희

집터에 경계도 없고 구분 없이 무리 지어 살아도
제 삶의 본 모습대로 붉은 꽃은 붉은 대로
보랏빛 분홍빛도 알록달록 영롱함을 자아냅니다.

낮은 키도 꽃잎이 작음도 부끄러워하지 않고
향기가 있으면 있는 대로 없으면 없는 대로
나름의 정체성을 잃지 않은 티 없이 맑은 본연의 모습입니다

한해살이 순리를 따라 모진 바람 견디며 피어나
끝내 시들어 갈지라도 한치의 주저함도 없이
비에 젖고 바람에 흔들림으로 더 강인해집니다.

한여름 뙤약볕 아래 타는 목마름까지
마른 가지로 당당히 견디는 숭고한 모습 앞에
위선과 허울로 가식을 껴안고 살아가는
인간의 자화상이 부끄러워집니다.

이마저도 욕심일까 / 김정희

소슬바람 불어 들뜬 기분에 어딘가로 달려가고 싶은 맘
추스르지 못해 가슴 울렁거리는 밤

약속 없이 불현듯 차를 달려 네게 가겠다고 할지라도
왜 오느냐고 묻지 않고 조심해서 오라고 말해 줄 수 있는
그런 친구 하나 있었으면 좋겠다.

농담인 듯 진담인 듯 스치는 말 속에
애꿎은 그리움만 심어주는 사랑 말고

친구도 연인도 아닐지라도
언제든지 그 가슴에 얼굴을 묻고 흐느끼고 싶을 때

왜 우느냐고 묻지 않고
그대 품에 나를 안고 그저 말없이
내 머리카락을 쓰다듬어 줄 수 있는 그런 사람이면 좋겠다.

공허한 마음 채울 수 없어 오늘처럼 울적한 날에는

달빛 여울 / 김정희

달빛 부서져 가슴으로 쏟아지고
소슬바람에 일렁이는 잔물결 위의 뽀얀 물안개
긴 한숨으로 가슴에 쓸어 담던 날

풀벌레 소리 멈춘 사이 물 밖 구경하던 피라미가
물방울 소리를 내며 동그라미 하나 그려 놓고 숨어든
호수에 넋을 놓았다
네가 선택한 먼 길을 애써 담담히 보내기 위해
어망 속에 갇힌 새우떼보다 더 많은
차마 말하지 못한 언어가 파닥이는 가슴을 누르며
태연한 척 숨을 고르던 밤

잔잔한 너울 저 끝에서 젖어오는 내일이 서러웠던 곳
가을보다 먼저 찾아오는 이별의 서곡이
풀벌레 소리로 흐르던 그곳엔
파스텔 빛 옅은 안개 속으로 가을이 젖어들고 있었다.

언젠가 하늘 저 너머 그 먼 땅에서 네가 돌아오는 날
가을이 물들어 가는 호숫가에 서럽던 마음 내려놓고
다시 한 번 그 달빛 아래 마주 서서 마음 젖어 볼 수 있을까

들국화 연서 / 김정희

갈바람 따라 해 저무는 스산함도
오늘은 서글퍼지지 않습니다.

나직이 들려오는 그대 음성에
입가엔 배시시 웃음 머물고

마주하지 않아도 손잡은 듯
가슴 벅차오르는

나는
늦가을에 홀로 핀 들꽃입니다

한 송이 들꽃으로 가슴 가득 채우며
그대 품에서만 향기로 피어나는
들국화가 되고 싶습니다.

바람 소리 봄 하늘에 울다 / 김정희

봄날 아침
어두워진 하늘 아래 된바람이 소리 울부짖는다.
떠나지 못하는 겨울은 무엇이 그리 서러운가!

찌푸린 하늘은 애 설은 눈물을 쏟아내려
바람과 함께 울고 있다

떠나던 겨울이 내딛던 발길 돌려 돌아와 창문을 흔들며
나를 향해 서러운 눈물로 울부짖는다.
그런들 어쩌려 저리도 섧게 우는가!

오는 봄은 풀빛 스란치마 끌고 오는 새색시 걸음인데
변덕스러운 동장군의 짝사랑일까
인연 없는 엇갈린 운명이 서러워서인가

그대는 가고 봄날은 와야 하는데
봄이 오는 길목을 막고 서서
그렇게 울부짖으면 어쩌란 말이냐

이제는 가고
세월 돌아 다시 와야 할 너이거늘

시인 **김혜정** 편

♣ 목차

♪ **시낭송** QR **코드**

제 목 : 이곳에서 그곳까지
시낭송 : 김락호

프로필

경상남도 사천 출생
대한문학세계 시 부문 신인상
(사)창작문학예술인협의회 정회원
(사)창작문학예술인협의회
　　　　서울인천지회 부지회장
한국문인협회 회원
대한문인협회 향토문학상 수상
창작문학예술인협의회 예술인상 수상
한비문학상 시 부분 대상
제3회 미당 서정주 시회문학상 수상
한국문학비평가협회 문학상 수상
한국비평가협회 좋은시,
　　　　명시인전 선정 시인

김혜정 시집

〈저서〉
제1집
　어떤 모퉁이를 돌다
제2집
　먼 그래서 더 먼

〈공저〉
현대특선시인선
시인과 사색 동인
사랑, 그 아찔한 황홀 동인
사랑은 기적을 일으킨다 동인
詩천국에 살다 동인

**어떤
모퉁이를
돌다**

먼, 그래서 더 먼

나를 위한 연가 / 김혜정

먼 어둠 속에서
소란스런 눈으로
노려보는 눈빛의 번득거림이
서늘하다

블랙홀에 빠진 듯
끝끝내 헤어날 수 없을지도
모르는 두려움 같은 것
그것이 무엇인지 나는 알지 못한다

다만, 어둠의 터널 속에 갇혀
서늘한 눈빛의 번득거림과
마주보고 있어도
결코 놓을 수 없는 한 가지
그것은 나를 향해 손짓하는 희망이다

사람이 사람을 사랑할 땐 / 김혜정

사람이 사람을 사랑하는 일엔
뚜렷한 이유가 없나 봅니다

굳이 찾으려 하지 않아도
느낌으로 마주치고
생각으로 함께하며
한 곳을 바라보면서
자연스러운 모습으로
단맛처럼 스며드는 것

애써 찾지 않아도
이슬처럼 촉촉이 스며들어
가슴을 적셔주고
욕심 없이 오는
순수한 사랑 앞에
포로가 된 듯 짜릿한 설렘으로
다가오는 것

사람이 사람을 사랑할 땐
이유 없는 그런 느낌인가 봅니다

그대라는 별 / 김혜정

내 가슴에 슬픈 별 하나 떨어졌네.
어느 밤하늘 홀로 쓸쓸히 유랑하던 별일까

슬퍼서 더욱 아름다운 것은
그대라는 별
그대 눈동자에 나를 담고
내 눈동자에 별을 닮은 그대를 담을 수 있다면
당신과 나의 눈동자 속에는
아름다운 빛이 스민 사랑이 눈물처럼 반짝거리겠지.

당신이 내 사람이 될 수 없듯이
나 또한 당신을 안을 수 없을지라도
긴 하루를 기다려
온전히 서로를 안을 수 있는 밤이 오면
서로의 사랑인 별을 품고
한없이 부드럽고도 아름다운 긴 포옹을 하겠지
사랑이 별빛에 젖어 눈물 흘리는
새벽이 아스라이 밀려오면
당신과 나의 깊은 포옹도 핏빛 서러움 속에
푸른빛 그리움을 토하며 스러져가겠지만
무한 허공에 떠돌던 당신이라는 별은
내 우주 속에 둥지를 틀고 맑은 기지개를 켜겠지

당신 / 김혜정

어느 따사로운 봄날
작은 설렘 안고
꽃망울 터트리는 기쁨으로
당신은 내게로 왔습니다

따스한 햇볕 아래
살랑살랑 불어오는 봄바람에
사랑으로 싹 틔운 꽃잎 미소

가슴 깊은 곳에 파란 하늘빛처럼
맑은 향기로 배어드는 사람
떠올리는 웃음 속에 행복으로 함께하는
그런 당신을 사랑합니다

눈빛 사랑 / 김혜정

커다란 우주 한 귀퉁이
자리하고 있는
아주 작은 한 줄기 빛 속에서도
나는 느낄 수 있었고 그대 모습
고스란히 내 마음에 담을 수 있었지

세상 살아가면서
흔치 않을 만큼의 토닥거림이 있다 하여도
저 작은 빛줄기 사이로 나눴던 눈빛
그 다정함 떠올려 한없이
사랑하면서 살아가는 내가 되리라

사람이 그리운 날에는 / 김혜정

사람이 그리운 날에는
왜 그토록 별은 더 맑고도
광휘로운 빛으로 푸른지

하루 동안의 그리움을
고스란히 어둠 속에 토해내듯
명명한 별빛의 모습은
아름답고도 또 슬픈지

단 하루의 생명을 가진 태양이
온 세상을 따스한 사랑으로
감싸 안은 깊은 포옹을 풀 때쯤

태양이 석양을 불러 핏빛으로
스러져 묻히면 홀연히 별이 되어
떠오르는 사랑이라는 빛
이별을 슬퍼하듯 스스로 빛을 내며
어둠 속을 타오른다

영혼으로 맺어
무한허공에 떠도는 별빛들의 사랑

슬픔이 푸른빛을 띠며 보석처럼
아름다운 눈물 한 방울 떨굴 때
온전히 하나 된 사랑으로
명징한 별빛처럼 그대를 품으리라

사람이 그리운 날에는

강물의 고백 / 김혜정

어둠이 잘게 부서져 내리는 밤
가녀린 빗줄기에 묻힌 적막함이
나를 창밖으로 불러냅니다

마음은 창밖으로 던져두고
은은하면서도 깔끔한 맛을 우려낸
목련차 한 잔 들고 창가에 서서
가로등 불빛과 아련한 시선으로 마주합니다

문득,
그 어떤 한 사람의 모습이 떠오릅니다
저 어둠 속 빗줄기를 타고
슬금슬금 묻혀오는 낯선 고백 하나

빗물은 흐르고 흘러 강물 되어
바다로 흐르고 그 바다는
다시 강물이 되어 내 마음속에 들어와
사랑한다고 고백합니다.

사랑별곡 / 김혜정

푸르고 깊은 밤
이슬 밟으며 술렁이는 바람의 소리
먼 꿈길에서 들려오는
별의 속삭임인 줄 알았지

희미한 여명이
동녘 하늘에 고요히 스며들고
밝아오는 빛의 재잘거림은
선잠 깬 내 귓가에 쉼 없이
사랑을 노래하라 하는데

몇 날 며칠
마법의 주문을 외우듯
계속되는 별의 속삭임은
무지갯빛 내 사랑을
아름답게 채워 달라는
투정 어린 그대 목소리였어

이곳에서 그곳까지 / 김혜정

이른 새벽
알람 소리가 요란스럽게 나를 깨운다

하늘에서 샛별이 떨어지듯
사뿐사뿐 내려앉는
이슬의 영롱함에 들뜬 마음은
백사십 킬로미터의 사랑으로 달린다

본능의 질주이며 과속이다
그 무엇으로도 정지시킬 수 없고
과속 카메라에 덜미 잡힐 일도 없으니
벌금 딱지 날아들 염려 또한 없다

과속을 멈추게 하는 것
그것은,
내 행복이 사랑으로 숨 쉬고 있는
종착역에 다 달아서야
비로소 본능의 질주는 멈춘다

그 날이 오면

심훈

그 날이 오면, 그 날이 오면은
삼각산(三角山)이 일어나 더덩실 춤이라도 추고,
한강(漢江) 물이 뒤집혀 용솟음칠 그 날이
이 목숨이 끊기기 전에 와 주기만 하량이면
나는 밤하늘에 날으는 까마귀와 같이
종로(鐘路)의 인경(人磬)을 머리로 들이받아 울리오리다.
두개골(頭蓋骨)은 깨어져 산산조각이 나도
기뻐서 죽사오매 오히려 무슨 한(恨)이 남으오리까.

그 날이 와서 오오 그 날이 와서
육조(六曹) 앞 넓은 길을 울며 뛰며 뒹굴어도
그래도 넘치는 기쁨에 가슴이 미어질 듯하거든
드는 칼로 이 몸의 가죽이라도 벗겨서
커다란 북[鼓]을 만들어 들쳐 메고는
여러분의 행렬(行列)에 앞장을 서오리다.
우렁찬 그 소리를 한 번이라도 듣기만 하면,
그 자리에 거꾸러져도 눈을 감겠소이다.

시인 **김흥님** 편

♣ 목차

♪ 시낭송 QR 코드

제 목 : 두레박
시낭송 : 박영애

시작노트

숨 쉬고 살아 있어
누군가를 사랑할 수 있다는 것
오감의 설렘과 떨림으로
만질 수 있고 느낄 수 있다는 것
이 얼마나 행복한 일인가
꽃잎 흩뿌리는 약동하는 봄날엔
심장이 천둥처럼 두근거렸고
안개비가 내려앉은 날엔
실루엣에 가려진 그대를 그리워하며
삭풍이 문풍지를 뚫고 우는 겨울밤
가슴 시리게 아파야 했던
삼백예순다섯 날 긴 여정
끝없이 펼쳐지는

미지의 세상을 향해
오늘도 난 길을 떠난다.

산당화(山棠花) / 김흥님

춘삼월
여염집 담장에 기대어
분홍빛 연지를 찍어 바르고
유혹어린 화사한 눈웃음으로
봄 바람난 여린 가슴
마냥 설레게 했던 그대여

살갗 터지는 엄동설한
봄은 아직 멀었건만
수줍은 민낯 속눈썹 끝마다
수정 고드름 길게 드리운 채
시린 버선발로 걸어 나와
다홍색 홑치마 살포시 들추어
농익은 추파를 던지는 그대여

생 울타리 발목까지 눈이 쌓이고
여름날 맺은 목과 주머니엔
그리움의 씨앗 하나
꼭 다문 입술 사이로
향기조차 퇴색해 사위어 가는데

흑광 비단에 꽃잎 한 점
설국의 굳은 절개로 피었나니
기다림의 서툰 몸짓
명자 아가씨 철 잃은 가출을
뉘라 죄 있다 정죄 하리리까?

함성 / 김흥님

살아서 숨 쉬는 자
이 봄,
깨어날지어다.

기지개 켜는 강가에 나가
권태로운 일탈을 꿈꾸는
대지의 꿈틀거리는 태동을 느껴 보라

거듭나는 지상의 모든 생명들이
잉태하는 숨 가쁜 호흡에
귀 기울여 경청하라

적막의 고요를 흔드는
바람의 보드란 입맞춤에
몽울진 가슴 봉긋 피어나누나.

마침내,
봇물 터져 흐르는 봄의 함성들이여!

진달래 / 김홍님

어머니의 어머니가 그랬듯이
내 어머니의 아궁이는
늘 가난하기만 하였습니다.
허기진 가난을
태우고 또 태워도
가슴은 늘 얼음장 냉골이었습니다.
보릿고개에 세상이 다 굶어도
내 자식새끼들은
굶기지 않으리라던 가없는 사랑
그 아궁이 불씨
날마다 야위어 사그라지는데

내 어머니 걸어오신
그 길 밟아 걷노라면
진달래 붉은 물들임
각혈 토해내는
상흔의 흔적뿐입니다
고향 뒷동산에
참꽃 흐드러져 피어나
우리 어매 눈물로 얼룩질 봄날이여

두레박 / 김흥님

어느 때까지 기다리오리까?

한 뼘이 모자라 닿을 수 없는 심장
그 심연의 깊이를 가늠할 수 없어
짧은 외줄이 대롱대롱 서글픕니다.

아무리 퍼 올려도 마르지 않는 샘물
그대를 향한 끝없는 갈증은
빈 두레박 재갈 물린 가슴입니다

내 심중의 인내가
바닥이 드러나는 날이면
그대를 향한 애증의 끈
단칼에 끊어 버리고
당신과 침몰하고 싶은 욕망
성난 파도처럼 일어섭니다.

돌이켜 세울 수 없는 사랑이라면
끝내,
내가 그대 앞에 꼬꾸라져 엎어져야
당신을 오롯이 품을 수 있기 때문입니다

얼굴무늬 수막새 / 김흥님

천의얼굴을 지닌
불가사의 미소여

슬픔을 승화시킨
평온의 미소여

흙으로 고이 빚어낸
무욕의 미소여

찰나, 천년의 세월을 걸어 나와
영겁의 혼 불로 숨을 고른다.

지그시 감은 눈으론
자아성찰의 내면을 들여다보며
한쪽 뜬 눈으로는
삶과 죽음을 초월한 해탈의 눈빛이여

내 어미의 얼굴이요
내 아비의 얼굴이요
얼굴무늬 수막새(人面文圓瓦當)
자자손손 내려오는 신라인의
고결한 숨결이로다.

그대, 내게 오는 길 / 김흥님

사랑이여
그대, 내게 오는 길
창공에 머무는 한 점 바람으로 오라
한 마리 작은 종달새의
가벼운 날개 짓으로 오라
내 기꺼이 반겨 안으리니

순결이여
그대, 내게 오시는 길
길섶의 한 떨기 들꽃으로 오라
슬픈 눈을 가진
애수의 꽃사슴으로 오라
내 기꺼이 품어 안으리니

희망이여
그대, 내게 오는 길
어둠을 가르는 한 줄기 빛으로 오라
사막 한가운데 서 있는
신기루 되어 다가오라
내 기꺼이 보듬어 사랑하리니

그대, 내게 오는 길
저무는 서쪽 하늘 개밥바라기별
자운영 꽃무리 여울져 피어나리다.

시월愛 / 김흥님

시월은
새벽별 야윈 몸사위
살포시 내린 무서리 첫 입맞춤
하얀 면사포 베일에 가려진
여인의 순결한 앵혈입니다

시월은
감나무 우듬지에 매달린 홍시
말캉말캉한 어머니의 젖가슴
요람으로 향하는 꿈길에
단내 나는 향수빛 그리움입니다.

시월은
그대 향한 연모의 정
차마 들꽃으로 피어나지 못한 채
온 산야에 붉게 타오르는
가슴앓이 이내 심사입니다

시월은
영혼 없는 허수아비 장송곡
허허로운 들판에 메아리로 떠돌고
가슴 풀어 헤친 은빛 억새풀
저녁놀이 삼킨 멍든 눈물입니다

수묵화 / 김흥님

끝없이 펼쳐지는 설원
완벽한 흑백의 조화
상흔의 흔적
붉게 찍힌 낙관의 멍
백치 아다다 여백의 미

타락 천사의 눈물이
하늘을 유영하다
호수가 되고
고드름 비수가 되어
심장을 관통해도
숨죽여 흐느껴야 하는 운명

이 계절은
핏기 없는 한 폭 수묵화라

겨울 소묘 / 김흥님

어머니,
긴긴 겨울밤 함박눈이 내립니다.
잠이 쉬이 올 것 같지가 않습니다.
구멍 난 문풍지 사이로
비집고 들어오는 기억의 옛 편린들이
신작로 따라 총총히 길을 나섭니다.

영혼의 단잠을 깨우려는 듯
예배당 새벽 종소리가 들립니다.
부뚜막에 앉아 군불 지피는
젊은 날 어머니가 보입니다.
아랫목엔 밀주 익어가는 소리가 요란스럽고
호마이카상 앞에 단말머리
어린 소녀가 앉아 있습니다.

오금 저리던 상엿집을 지나자
꽁꽁 얼어붙은 저수지가 펼쳐지고
굴뚝마다 모락 연기 피어오르는
오두막집 창문들 사이로
하나 둘씩 켜지는 따스한 불빛,
눈 속에 파묻힌 동화의 나라가
도란도란 걸어 나옵니다

호랑이 담배피던 시절
할머니가 안경 너머로 들려주던
옛이야기는 전설이 되고
화롯가에 옹기종기 앉아있던
아이들은 세월 속으로 사라졌습니다.

먼 길 떠난 아이는
아직 돌아오지 않고 있습니다.
아마도
눈길에 길을 잃었나 봅니다.
비수처럼 날카로운 고드름 하나
어머니의 심장을 겨누어 떨어지던 날
참척(慘慽)의 고통
외마디 비명도 내지 못한 채
그 비통한 슬픔을
어찌 다 가슴에 묻었나이까?

어머니,
세월의 강을 건넌 후에야
알게 되는 것들이 너무도 많습니다.
삶의 진솔한 이야기들은
얼키설키 소담스레 쌓여가고
또 더러는 녹아 내려 얼음장 밑
잠든 봄을 불러내겠지요.

유년 시절의 멈춰버린 시간
그날의 겨울처럼
눈이 무릎까지 소복이 쌓였습니다.

165

포월(包越) / 김흥님

독야청청
제 살을 깎아 내린 인고의 세월

그림자를 짓밟는 추월이 아닌
이상을 뛰어 넘는 초월도 아닌

포월[包越], 그것은
더 깊고 넓은 곳으로 이끌어 내는 힘

품어 안고 날아오르는 군무
그 얼마나 아름다운 동행인가

시인 **김희선** 편

🎵 **시낭송** QR 코드
제　　목 : 우리가 꿈꾸는 계절
시낭송 : 박태임

시작노트

지난해 가을
신인문학상 수상 소식으로
대한문인협회와 인연을 맺은 후
가을은 내게 더욱 특별하다

올가을은
순우리말 글짓기 전국시인대회에서
은상을 받는 기쁨으로 찾아왔다

늦깎이로 시작한 학업의 부담으로
가을을 깊이 끌어안고도
온전히 품어내지 못한 아쉬움이
남아 있지만

명인명시 특선시인선에 선정되는
결실의 기쁨으로 이 가을을
마음 놓고 보내줄 수 있을 것 같다

더 좋은 시로 독자들의 가슴 속에
영원히 살아 숨 쉬고 싶다.

안개꽃 그대 / 김희선

저 멀리 안개꽃 그대

그 아리따움에
곱게 물드는 날이면

나도 화려한 장미꽃인 양
도도한 향기를 뿜어낸다

그대 마음 깊은 곳까지
닿을 수 없어 슬펐지만

수수한 몸짓이 소담스러워
내 품 안에 고이 담았다네

그대가 지기도 전에
내 붉은 이파리가 먼저
마른 낙엽으로 부서지고

바람 몹시 부는 날엔
이미 마셔버린 시간의 강물이
가슴 안에서 출렁인다

내 마음 안에
소담스럽게 다시 피어난

저 멀리 안개꽃 그대

우리는 알고 있다 / 김희선

먼동이 틀 무렵에야
겨우 잠들 수 있었다

의심 많은 세상
유리알처럼 투명해지고 싶어
답답한 내 마음

환한 햇살에도 드러나지 않고
은은한 달빛에도 비칠 수 없어
서러운 내 마음

내가 나를 지켜내야 할
계절에 와 있음도
세상에 온전한 믿음은
이미 존재하지 않음도
잘 알고 있다

지금 시작 하지 않으면
되돌릴 수 없다는 것도
그것이 어떤 의미인지를
굳이 말하지 않아도
우리는 알고 있다

꽃이라서 미안합니다 / 김희선

품 안에 오래오래 담고 싶어
더 다가서는 그 마음을 알기에
꽃이라서 미안합니다

순수한 사랑으로 품어
속내 깊은 곳에 숨겨 두어도
꽃이라서 영원할 수 없답니다

너무 가까이서 마주 보고 있으면
붉어진 얼굴이 부끄러워
얼른 고개를 돌리고 말지요

한 발치만 떨어져서 바라보면
가을 하늘처럼 선명한 빛깔이
더 사랑스럽답니다

그대 맑은 숨결에 입맞춤할 수 없고
보드랍게 내민 손잡을 수 없어
더 미안합니다

계절이 허락한 그만큼만
그대 앞에 피어있겠습니다

꽃이라서 미안합니다

봄비가 소리 없이 내린다 / 김희선

며칠 먹구름이 모진 입덧을 하고
봄비가 소리 없이 내린다
내 안에서도 흘러내린다

이 비 그치고 나면
더는 애태우지 않아도 봄은 환한 얼굴로
내 품속으로 안겨 올 것이다

사랑도 그리움도 외로움도
서로 공존하면서 보듬어 가는 거라고
날마다 밝은 태양만으로 살아갈 수는 없음을

소리 없이 내리는 봄비처럼
우리의 열린 가슴에도
무언의 대화가 필요할 때가 있다

멀리 있어 볼 수 없을 땐
가슴 속을 열어 마음으로 보면 된다

가슴을 닫고 눈으로만 보려고 하면
내면의 진실은 보지 못한 채
섭섭한 마음만 눈덩이처럼 커질 수 있다

이 비 그치고 나면
먹구름 사이로 너의 환한 미소가
내 품속으로 곱게 안겨 올 것이다

171

김희선 시인

떠날 때를 안다는 것은 / 김희선

휘어질 듯 가녀린 가지 위에
고고하게 빛을 발하던
자목련의 우아한 자태

한 잎 한 잎
시들어 가는 위태로운 모습이
오가는 시선 속에
안타까움을 자아낸다

차라리
뭇 행인들의 발아래
초라한 모습이어도
숙명에 순응하는 것이
진정한 자신의 길임을

아니라고
아직은 아니라고
아무리 손사래 쳐봐도
결국,
한 줌 바람으로 흩어지고 말 것을

떠날 때를 안다는 것은
굳은 약속 하나 지켜내는 일이다

침묵의 계절 / 김희선

우리의 오랜 침묵은
차가운 이별을 예고하지만

그대 없이도
꽃은 향기로 말하고
계절마다 바람은 불어온다

나에게로
화사한 봄꽃으로 피어
뜨거운 여름을 푸르게 노래하고

붉은 가을날엔
초록낙엽 한 장 떨구더니

나목처럼 훌훌 옷을 벗어 놓고
겨울 속으로 홀연히 떠나갔다

그 후로
나는 계절을 잊고 살았네

초라한 비애 / 김희선

지나친 염려가
온전히 아물지 못했던
상처를 덧내고
배려가 결핍된 상황은
마주하는 시간마저도
단절을 불러오고야 만다

오랜 세월 망부석처럼 굳어진
상흔의 그림자는
어둠 속에서도 우리의 삶을
묵묵히 응시하고 있었다

한 줄기 시린 바람에도
마른 낙엽처럼 부서져 내리는
나약한 속내를 주섬주섬 쓸어안고
속울음으로 지켜볼 수밖에 없는
계절에 와있음을 절감한다

사랑이라는 울타리 안에서
그 어떤 말도
용서되고 이해될 것이라는
당연한 믿음은
초라한 비애일 뿐이다

우리가 꿈꾸는 계절 / 김희선

다가서는 계설은
새로운 시작은 아니다
우리에겐 이미
익숙해져 있을 테니까

바람 부는 대로
흔들거리며 가는 걸음도
소중한 우리 삶의 향기다

가을을 품은 여름처럼
우리의 모습도 서로 닮아
낯설지가 않다

행복을 위한 명제 아래
더욱 깊어진 언어의 춤사위로
타는 목마름을 적셔줄 수 있는
풍성한 가슴이라면

우리가 꿈꾸는 계절은
서로에게 알찬 열매를
영글게 해줄 테니까

나는 그랬다 / 김희선

좁은 어깨 위에 내려앉은
삶의 무게를 지탱할 수 없어

그날 그 벤치 그 자리에
너를 고스란히 남겨둔 채로
뒤도 돌아보지 않고
앞으로만 달려야 했다

그의 넓은 가슴이
편안한 보금자리일 것이라고
무거운 짐 보따리를 풀어놓고
삶의 둥지를 틀었다

내 젊은 날의 초상화는
어느 봄날의 슬픈 꿈이었지만

어깨 넓은 그 사람
내 철없던 아픔까지 끌어안고도
힘들다는 내색 한 번 없었다

되돌아보면
가시밭길도 걸어야 했었지만
내 삶에 있어 지금
행복의 길로 가고 있음이다

낙엽의 길 / 김희선

파아란 하늘 끝에
아스라이 걸린 내 마음
스산한 바람이 스치며
생채기를 낸다

절박한 이별이어도
영원한 끝은 아니다
새로운 희망을
잉태하기 위한 고통일 뿐

초록 이파리의 붉은 입맞춤은
또 다른 만남을 위한
화려한 작별이다

시인 **김희영** 편

♪ 시낭송 QR 코드
제 목 : 카메라와 삼각대
시낭송 : 김락호

시작노트

만산홍엽 제갈길로 떨어져 모태로 돌아가고
한두잎 바람으로 풍장되기도 하며
더러는 강여울로 접어들어 수장되기도 합니다.
가을이 밀려나고 겨울이 깊어집니다.
시간속의 여백에서 아름다움을 추구하고
한올한올 옥구슬을 끼워 생활속 시간안에
넣어야 겠습니다.

김희영 시집

시간 속에 갇힌 여백

자화상 / 김희영

바다를 품은 갈매기
소라 껍데기의 사연을 품고
높푸른 하늘로 비상한다

우유부단한 성격
인연의 고리 얽혀
파도에 내어주고
갈매기에 내어주고
빈 껍질뿐이다

질퍽한 갯벌을 헤집으며
파도에 휩쓸려도
갯바위에 올라 세상을 보는
끈질긴 희망을 찾고 있다

짠물에 절인 나의 생
바다를 그리워하며
짠내 풍기는 모래에 묻힌
소라껍데기다

카메라와 삼각대 / 김희영

다가갈 수 없다
서 있을 수 도 없다
네가 없는 나는
그저 흔들리는 초점일 뿐이다

어둠을 찍는다
찰나는 빛을 모으고
셔터의 오랜 기다림은
바르르 심장을 떨게 한다

혼자는 불안하고
둘이서는 흔들리고
셋이서 당당하게
웃고 있는 여유
세상을 향해
힘차게 외칠 수 있는 것은
하나 되는 셋의
따뜻한 체온 때문이다

야멸찬 세상에 버려진 삶을
세찬 비바람에 흔들리는 삶을
선명한 빛으로 렌즈에 담는다

홀로 살기엔 벅찬 세상
좌절 안에서
손잡아 주는 이 있어
힘찬 설레임으로 삶을 끌어안는다

동행(비가 오는 봄날에) / 김희영

비가 오는 봄날에
추적이는 빗소리만큼
끈끈한 동행이
거실에 마주 앉아 있다

지루한 일상이 술렁거린다
발동한 장난기
내기에 이기면 소원 들어주기
불타는 승부욕에 빗소리도 숨죽인다

치고 빠지는 지혜로움
배려하는 마음은
웃음의 작은 열쇠가 되고
듬성듬성 내려앉은 백발은
무색함에 등을 돌린다

맞붙는 승부욕이
속임수는 절대적
능청떠는 속임수에
웃음은 빗소리를 뚫고
담장을 넘어 선다

비에 젖은 하루는
잔잔한 웃음과 동행하고
하루하루의 행복은
긴 여정 동행의 끈을
오늘도 한 가닥 이어 간다

할아버지와 벽시계 / 김희영

생성과 소멸을 가리키는
우리 집 가보 괘종시계.
할아버지의 심장을 안고
오늘도 행군한다

시간에 삶을 저장하고
잃어버린 과거와
자애로운 대화를 나눈다

할아버지의 호통은
괘종으로 마음을 때리고
초침은 평온을 선물한다

쉼 없이 움직이는 소리
부지런한 손때를 안고 사는
할아버지의 심장 벽시계

할아버지의 어제와
나의 오늘이 공존하는
추억을 가슴에 남겨놓는다

촛불 / 김희영

손사래에도 스러지는 빛
미풍에 그림자도 흔들리고
스러질 듯 말 듯
위태롭게 유지하는 여린 빛은
절망 앞에 무릎 꿇는
짙은 어둠에서
한 줄기 희망이 된다

한 치 앞도 보이지 않는 어둠
나아갈 길이 보이지 않는 미로
절망의 끝이 보이지 않는 삶은
끝과 끝이 뒤엉킨 실타래

천 길 벼랑 끝
위태롭게 떠듬거리는
삶 앞에 내민 가녀린 촛불은
소슬히 부는 바람
두 손으로 잠재우는 합장이다.

삶을 포기한 이에게
내미는 따스한 손길
환한 희망의 촛불이다

진달래 / 김희영

산자락 휘어잡고
봄이 깨어 일어난 자리
꽃만 피우고 제 몸 살라
산불로 내려 솟는다

척박한 땅 맨살에 뿌리들이 얽혀
여린 꽃잎 바람에 찢길까
살포시 봄볕에 마음을 기댄다

온 산에 만개한 참꽃
작은 너의 생명에서
꽃술이 따사로운 봄을 부른다

돌아서면 우수수 떨어질까
내 안에 갇혀있던 그리움도
함께 가져간 연분홍빛 인연

가슴이 온통 선혈 되어
핏방울 솟구치듯 분출하고
산기슭 기둥마다
그리움 매달아 놓고
임의 발자취 쫓아간다

여백(그리움) / 김희영

빛바랜 사진을 정리하다
시선이 멈춘 곳에
지울 수 없는 흔적들이
뇌리에 들어차서 복잡하다

인화된 사연들 한 장씩
들춰보니 시린 가슴
냉골에 칼바람이다

쪽 찐 머리 외씨버선
댓잎처럼 사각거리는
한산모시 고운 자태
사각 틀에서 웃고 있다

외유내강 부드러운 손길
집 안 구석구석 손때 묻은 흔적들이
눈 안으로 들어온다

앨범을 닫고 그리움의 커피 향에
아픈 기억 들이 투영되고
하나둘씩 망각의 샘으로 돌려보낸다

그리움은 할머니의 웃음 따라 허공을 떠돈다

김희영 시인

장미의 두 얼굴 / 김희영

화려한 향기를 지닌 꽃잎의 춤사위
5월의 초록을 붉게 태우고
향기가 흘린 눈물
가시 되어 심장을 찌른다

화려한 향기에 가려진 어둠은
삶 앞에 무릎 꿇는 처절함이었다
커다란 손길은 향기를 꺾어 삼키고
향기에 가려진 어둠은
눈부신 햇살에 더 깊은 어둠 속으로 잠식한다.

시리게 눈부신 햇살
혹독한 어둠이 삼키고
향기로운 꽃잎은
가시 돋친 외로움을 키운다.

화려함으로 붉게 타는 꽃잎
날카로운 가시를 품은 향기
장미의 두 얼굴엔
만질 수 없는 아름다움이
서슬퍼런 웃음을 던진다

할머니와 무쇠솥 / 김희영

마당 가장자리에
제자리처럼 자리 잡은 무쇠솥
반질반질 할머니의 정성이
솥뚜껑 위를 서성인다.

뚜껑의 무거운 짓눌림은
고소한 밥 내음만으로 배부르다

봄맞이 나온 쑥
개떡이 되어 대청마루에 눕고
여름 뜨거운 햇살을 피해
땅속에 숨은 감자
밀가루 뒤집어쓴 수제비 되어
동네 한 바퀴 돌고
머리 무거움에 고개 숙이던 수수
배고픈 이의 웃음으로
피어나게 하는
후한 인심의 무쇠솥

가난과 씨름하던
힘겨움 속에서도
나눔을 퍼내던 무쇠솥
배고픈 이들과 함께한
할머니의 마음으로
오늘도 나는 무쇠솥을 닦는다.

지리산 상부댐 / 김희영

솔 향 그윽한 호수
푸른 하늘이 내려앉아
정인의 눈빛 닮았다

고요의 비경
모두가 꿈결이듯 아득하여
파문 없는 쪽배 하나 띄워
하염없이 저어가면
산새도 포록포록 날아오겠다.

밤이면 별이 내려 잠들고
아침이면 물안개 어리어
속세를 비켜난 무아의 경지

부초 같은 삶
돌아 세우지 못하여
구름 따라 흐르고 싶은
지리산 상부댐

시인 노복선 편

♪ **시낭송** QR 코드
제 목 : 들꽃 이야기
시낭송 : 최명자

프로필

대한문학세계 시 부문 등단
(사)창작문학예술인협의회 정회원
대한문인협회 경기지회 정회원
2014년 대한문인협회 신인문학상 수상
2015년 1월 금주의 시 선정
2015년 서울시 지하철 게시글 수상
2015년 용인시 전국자연사랑 공모시 "은상" 수상

노복선 시인

길을 걸으며 길을 찾았다 / 노복선

길을 걸으며
길을 찾았다

뇌리는 백지장처럼
하얗게 바래고

가슴에 빗장을 풀고
하나씩 던져 버렸다

길을 걸으며
움켜진 손목도 놓아버렸다

미련과 욕망의
무거운 짐을 내려놓으니

길이 보였다
그것이 바로 비움이었다.

들꽃 이야기 / 노복선

누가 보아주지 않아도
돌보아 주지 않아도

어둠 속에서 달빛을 이불삼아 잠들고
이슬을 머금고 살았습니다

저 산 너머 햇살이 얼굴을 내밀면
기지개를 켜고 행복의 웃음꽃을 피웠습니다

이름 없는 들꽃이라 모두가 외면하며
지나쳤지만 외롭지 않았습니다

바람과 벌과 나비들이
친구니까요

그리고 가끔은 지나가다
들꽃이 아주 아름답네~

칭찬해 주는 소리에
바람을 타고 꽃씨를 퍼트렸습니다.

등산로의 소나무 / 노복선

발등을 하도 밟혀
가죽이 벗겨지고

살점은 떨어져 나가고
하얀 피고름이 땅을 적시고

아파도 소리 못 내고
참다못해 눈물을 흘리면서도

얼마 후
또 다른 발 내주고 말았다.

잡초 -1- / 노복선

지난봄
산에서 보라색 꽃이 예쁜 난을 캐어와
화분에 심어 애지중지

어느 날 난을 들여다보더니
잡초를 화분에 심었잖아?
아니야 야생 난이야

한 뿌리 캐 보았다
아니 이럴 수가!

심을 때는 분명
마늘처럼 생긴 난 뿌리였는데
수염처럼 생긴 뿌리라니

이런 앙큼한 잡초
난을 밀어내고
그 자리를 차지하다니

뽑아 버리려다
손이 멈추었다

얼마나 난이 부러웠으면
모습까지 따라 하며
애쓴 네가 가여워서.

잡초 -2- / 노복선

난처럼 살고파
이파리를 흉내 내었건만
뿌리는 감출 수가 없었구나

잠시 너의 위장술에 속아
난인 줄 착각 했지만
그리 오래가지도 못하고

그동안
뿌리가 들킬까
조바심 내었던 네가 안쓰럽구나

뿌리를 감추어도
꽃이 피면 탄로 날 것을

잡초면 어떻고
난이면 어떠하리
햇살과 비가 고루 나누어 주는데

거짓은 오래가지 않고
영원한 것은 없는데

처음부터 편하게
잡초 그대로 살았으면
편했을 것을.

잡초 -3- / 노복선

집 앞 개울가에
꽃동산 만드니 벌과 나비들의 놀이터

자고 나면
꽃들 사이로 비집고
나오는 잡초가 미워
보이는 대로 뽑아 버렸다

지난밤
장맛비에 꽃밭 흙이 흘러내리고
손길이 닿지 않은 잡초가 있는 그 자리는
뿌리가 흙을 막아주며 버티고 있었다

네게 고마움을 느낄 줄이야
생각해 보니

세상에 존재하는 모든 것들은
다 필요하므로 있다는 것을

잡초!
너에게서 깨달음을 얻는다.

꽃샘추위 / 노복선

봄꽃을 피우기가 이렇게 어렵다니

겨우내 인고의 세월을 견디며
봄을 기다렸는데

꽃샘추위에 발목이 붙들려
고개를 내밀다 목을 움츠렸다

쉽게 피는 꽃이 아름다울 수 있을까

겨울이 따뜻하다면
꽃이 아무리 아름답게 피었다 한들
병들어 너를 망가지게 했을 것이야

이른 봄 시련을 겪게 함은

한여름 찌는 더위에도
갈증을 참아내며

기나긴 장맛비에도
쓰러지지 않는
꽃을 지키기 위함이지.

바람은 떠날 때를 알려주었다 / 노복선

바람이 왜 부는지 이제야 알았다
황량한 나뭇가지에
아쉬움에 몸부림치는 마른 잎사귀
모두가 떠난 자리에 붙들고
놓질 못하다니

바람은 구원병이 되어 찾아왔다
떠날 때는 때가 있는 것이라며.

여수 향일암에서 / 노복선

좁은 바위틈 사이와 가파른 돌길을 따라
숨 가쁘게 올라가니
절벽 난간에 걸터앉아 있는 암자, 향일암

향일암에서 내려다보니

사파이어 보석처럼
눈이 시리도록 푸른빛이 아니고는
감히 접근 할 수 없어
이곳은 바다와 하늘만 있는가 보다

쪽빛 바다와 하늘은 경계선이 없었다

하늘엔 구름이 떠다니고 있어 하늘인 줄 알았고
바다엔 배가 있어 바다인 줄 알았다

그리고 어미를 찾는 바다 새의 목쉰 울음소리가 들려
그곳이 남쪽 바다의 육지 끝자락인 걸 알았다.

갈대를 좋아하는 이유 / 노복선

갈대가 아름답게 보이는 것은
여럿이 어울려 있기 때문이다

갈대를 좋아하는 이유는
바람에 몸을 맡겨 흔들리기 때문이지

나무는 바람을 이기려다
부러지거나 뿌리째 뽑히지만

갈대는 휘어질 뿐
결코 바람에 부러지지 않는다.

서시

윤동주

죽는 날까지 하늘을 우러러
한점 부끄럼이 없기를,
잎새에 이는 바람에도
나는 괴로워했다.
별을 노래하는 마음으로
모든 죽어가는 것을 사랑해야지
그리고 나한테 주어진 길을
걸어가야겠다.

오늘밤에도 별이 바람에 스치운다.

시인 **문방순** 편

♣ 목차

🎵 **시낭송** QR 코드

제 목 : 그리움의 길을 따라
시낭송 : 박순애

시작노트

쉼터!
우리의 삶의 쉼터는 어디 인가?
아니 어디였을까?
따뜻한 엄마의 자궁 속에서도
세상 밖으로 나오기 위한 사투를.
포근한 부모의 품안에서도 세상을 달리고 싶어
걸음마의 투쟁을,
하루를 살아갈 양식이 있어도 한 밤을 지셀 이브자리가 있어도
평안 한 안식과 자유보다
오지 않은 날들에 대한 욕심으로 오늘을 잃어버리고
생각의 소용돌이에 떠내려가고 있는 것 같다

쉼터!
나의 작은 글이
나의 작은 이야기가
살아온 날들과 살아갈 날들 사이에
잠시 쉬어가는 쉼터이고 싶다

고향 하늘 / 문방순

떠나간 어머니의 뒷모습
긴 그림자로 남아
바람에 일렁이면
그리운 고향 하늘엔
슬픈 노을이
웃는 듯 울고 있다

언제나 먹먹한 가슴은
깨닫지 못한 시절에 멈춰서 있고
울고 있는 고향 하늘 너머
눈물조차 사치스러워
숨죽여 울던 날들이
아주 오랜 기억 속에서
꿈틀대며 다가온다

떠나간 어머니의 그림자 위로
나의 그림자가 겹쳐져 가고 있다
잃어버린 이름 앞에
오래된 상처를 도려내는
이 통곡의 의미는 무엇인가?

바람 아래 머물고 싶은
노을의 울음이
흩어지는 구름 뒤로 떠나간다

정류장 / 문방순

기다림은 늘 초조함인가
버스가 오는 길을 향해
모두가 기린 목이 되어간다
가까이 서 있어도
때때로 같은 차를 기다리면서도
서로 이방인이다

정류장
그곳엔 기다림의 발걸음 소리만큼
나그네들의 이야기들이 가득하다
그리고
아무 말 하지 않아도
무언의 약속들이 꿈틀거린다
내가 타야 할 버스가 먼저 오길

인생
그 소중한 이름도
잠시 머물고 가는 정류장
만원 버스에 서로 부대끼며
가끔은
편안한 자리의 행운도 누려 보지만
목적지에선
모두가 내려야 할 손님들

그리움의 길을 따라 / 문방순

문득 떠오르는 그리움의 색깔들로
나의 하루가 속절없이 붙잡히는 날에는
그 그리움의 길을 따라
시간 여행을 떠난다

그 길 어디쯤엔가는 사랑이라 이름 하는 놈이
그림자로 남아 어슬렁대더니
징검다리 건너는 개울가에선 잃어버린 이름이 되어
아픈 상처로 남고
그 길의 끝엔 언제나 이별이란 녀석이 손을 흔든다

아리도록 아픈 시절을 견디어 낸 세월만큼이나
갈래갈래 흩어지는 그리움의 길
사랑도 이별도
슬픔도 기쁨도
그리움을 따라 떠나는 시간 속에
비워내는 여인의 향기로 남고 싶음은
아마도
안식의 날이 그리운가 보다

긍정과 부정사이 / 문방순

긍정과 부정사이
출렁이는 파도
조각배 하나 띄워놓고
넘나드는 사공의 몸짓은
어제와 내일 사이에
오늘을 잃어버리고 간다.

아주 작은 씨앗 하나 심어놓고
기다림에 익숙한 농부는
비바람이 몰려와도
언제나 희망을 함께 심어가며
오늘을 산다.

긍정의 나라에 집을 짓는 목수는
햇살 가득한 창 넓은 집에
행복이라는 커다란 대문을 달아놓고
긍정과 부정 사이에
무거운 짐 내려놓고
쉬어가라 손짓을 한다.

고목 / 문방순

푸르른 날엔 늘 머물러 있을 줄 알았습니다
언젠가 다가올 죽음의 날은
그냥 언젠 가로 남겨두고
영원히 살 것처럼
미움을 키우고 욕심을 키우고
그리움을 키웠습니다

당신에게도 푸르른 날이 있었겠지요
여린 잎 길러내려 비바람에 찢기 우며
얼어붙은 땅에 뿌리내리는 사투를 하면서도
하늘을 향해 힘찬 기상을 했으련만
세월의 나이테는 텅 빈 가슴 되고
푸른 이끼 이불 삼아 누운 모습
어머니
내 어머니 같습니다

비우고 또 비워
흙과 하나 되는 인고의 시간은
살아온 날 들 만큼이나 기나긴 여정
또 다른 생명을 잉태하는
자연의 섭리라 한들
당신이 비워내는 가슴에
조각조각 떨어져간 살점들
뉘라서 고통을 알겠소만
부디
여름날 쉬어가던 나그네들이라도
당신의 푸르른 날을 추억하게 하소서.

고독 / 문방순

직면 한다
외로움이 아니다
내면으로 채워져 오는
성숙한 삶의 초상이다

한가롭다
아마도
농익은 세월의 열매
그것일께다

요즘 / 문방순

요즘
나의 마음은
안식을 길러내고 있다

요즘
나의 눈빛은
소박한 사랑을 담아내고 있다

요즘
나의 손길은
나눔의 의미에 담금질한다

요즘
나의 삶의 자리는
노을에 물든
밀물처럼
비우므로 채워져 오는
고운 행복이 반짝이고 있다

바람의 노래 / 문방순

홀로 서 있으면 아무도 모르리
홀로 걸어가도 아무도 모르리

그대 손길에
그대 옷깃에
그대 두 뺨에
스치우는 나의 몸부림이
내가 그대를 반기는 줄
그대는 아시는지

여름날
그대의 이마에 흐르는
따뜻한 봄날   땀방울 닦아 주면
달콤한 꽃향기로   그대는 내게 고운미소 전해주려나
그대의 품속에 안기면
그대는   홀로 있으면 보이지도 않는
나의 발걸음을 알아줄까   홀로 있으면 만질 수도 없는

이제
추운 겨울이 오면
그대는
스쳐가는 나의 모습마저 외면하리니
나의 슬픈 노래여!
나의 슬픈 노래여!

하얀 노을 / 문방순

어두운 밤을 지나
새벽을 여는 사람들
얼마나 많은 욕심을 안고
자리에서 일어날까
하루를 살기 위하여 사람들은
또 얼마나 많은 눈물을 삼키고 걸어갈까

새벽을 지나
밝은 태양이 떠오르면
볼 수 있는 만큼 세상이 다 내게로 걸어오고
땀 흘리는 수고가 가슴으로 느낄 즈음
사람들은 행복하다 말 할 수 있으려나

서산 너머 노을이
붉게 익어 가면
사람들은
또 어떤 색깔로 삶을 물들이고 가려나

아우성치듯 붉게 물든 노을이 지고
우리의 삶의 자리에 어둠이 드리울 때
갈 길을 잃은 이들은
또 어디를 향해 서 있을까

하얀 노을!
하루를 모두 비우고 가는 빛이려니
어둠 속에서도 빛으로 남아
지친 하루를 어루만지는 안식이여라

세월 / 문방순

사랑이 오던 길목
사랑이 가려나보다
기다림 보다
이별의 그림자가 정겨운 오늘

세월이 떠나간다
꿈도 따라 떠나간다
두고 온 발자국 위로
떨어지는 추억의 낙엽들

뒤돌아 갈 수 없어 서러워도
삶의 무게 내려놓을 수 있어
담담한 가슴
고마운 세월

세월이 남겨준 진실하나
다시 살아도
다시 살아도
오늘이 되어야만
지금을 살 수 있음을

시인 **박광현** 편

♣ 목차

2. 당신은!
3. 가을비 내리는 날!
4. 그냥 좋아요
5. 커피 잔에!
6. 사랑할 수 있음에
7. 입맞춤!
8. 빈집이네!
9. 오솔길
10. 가을 우체국 앞에서

♪ **시낭송 QR 코드**
제 목 : 오솔길
시낭송 : 김지원

시작노트

쫓기듯 떠밀려간 가을이 그리워지는건
처음 맞닥뜨린 초겨울 찬바람이
적응이 안되어 그렇겠죠?
잠깐의 시간이 지나면 어느 정도의
추위와 찬바람은 아무렇지도 않게
여겨 질텐데....
아직도 한참 미숙한 저는 시의 세계가
어렵고 어렵기만 합니다.
열심히 노력해서 독자들에게
오래동안 기억되는 시인이 되겠습니다

커피 한잔 하실래요? / 박광현

가을바람이 한바탕 몸을 휘감고
지나가면 마음이 쓸쓸해진다.
왠지 가슴이 휑한 것 같기도 하고.

한낮의
따가운 햇볕이 초록의 열매를
빨갛고 붉게 꽃을 피우게 하는 가을.

한낮 따가운 햇살피해 그늘로 몸을
감추면 알싸한 기온이 긴 팔의
옷이 절로 생각나게 하는 계절.

이 가을에!
한가로이 노천카페에서 김이 피어
오르는 커피 한 잔 하실래요?
쪽빛 하늘에 떠다니는 구름 보면서.

당신은! / 박광현

당신은!
가지런한 이를 드러내 놓고
웃을 때가 예뻐요.

당신은!
고운 목소리로 다정하게 말을
건넬 때가 예뻐요.

당신은!
날씬한 다리로 또각또각 소리를 내며
걸어갈 때가 예뻐요.

당신은!
날씬하지는 않지만. 어느 옷이든 몸에
잘 어울려서 예뻐요.

나는 !
그렇게 예쁘기만 한
당신을 사랑합니다.

가을비 내리는 날! / 박광현

높고 파랗던 하늘에 어느 틈에 잿빛
구름이 큰 우산을 펼치더니
한 두 방울씩 비가 내리기 시작하네요.

아직 꽃을 활짝 피우지 못한 해바라기는
연인인 해님 찾아 헤매는데
가을비가 내리는 오늘은 연인 얼굴을
볼 수 없게 되었네요.

짙은 초록 잎사귀 위에 내려앉은
빗방울이 또로록 구르며 가을날의
짧은 여행을 시작하려 합니다.

그냥 좋아요 / 박광현

그냥 좋아요
구름 한 점 없는 파란 하늘을
바라보는 것만으로도 좋아요

왜냐하면
그 하늘에 온갖 세상 풍경이 다
그려져 있으니까요.

그냥 좋아요
당신을 생각하는 것만으로도
행복 하니까요

그냥 좋아요.
불어오는 바람결에 당신 숨결
느낄 수 있어서…

커피 잔에! / 박광현

하얀 커피잔에 곱게 물들어 떨어진
낙엽을 담아 놓을래요.
이 가을이 빨리 가지 못하게

하얀 커피잔에 비췻빛 하늘을
담아 놓을래요.
먹구름이 파란 하늘에 스케치 못 하게

하얀 커피잔에 가을꽃을
하나 가득 담아 놓을래요.
꽃이 지면 가을이 멀리 달아날까 봐.

이!
가을이 다 가기 전에 예쁜 가을 그리며
저랑 커피 한잔 하실래요.

사랑할 수 있음에 / 박광현

불어오는 바람 타고 다가오는 계절
그!
가을에 사랑할 수 있게 되어 행복합니다.

찌는 듯한 무더위. 차가운 빗줄기를
이겨내고 미소지며 찾아온 해바라기를
사랑할 수 있게 되어 행복합니다.

이!
화사한 가을날, 행복하고 아름다운 사랑을
할 수 있음에
이 가을이 아름답기만 합니다.

입맞춤! / 박광현

작고 예쁜 입술이 열리며
예쁜말 사랑스런 말들이 예쁜
입을 통해서 흘러나오네요.

그 언어들은 사랑이 듬뿍 담겨
내 양쪽 귀로 들려오고요

사랑스런 말! 예쁜말만 만들어내는
그 예쁜 입술에 입맞춤 할래요
내 입에 전염될 수 있게…….

그대!
허락해 줄거죠?

빈집이네! / 박광현

온종일 대문 밖을 서성이게
하더니 한밤중 늦게 도착해
초저녁 선잠을 깨운다.

촌의 허름하고 적막강산이던
안방에선 젊은 목소리. 애들의
재잘거림이 한밤중 황소의 잠을 깨우고

이른 새벽잠도 덜 깬 눈으로 정성 들여 차린
제사상 에 머리 조아리며 큰절 올려
반년만의 안부를 전하네.

안부 몇 마디 묻지도 못했는데 해는
어느새 중천에...벌게진 눈시울
검게 그을린 손으로 이것저것 건네며
꼭 잡은 손 놓지 못하고, 매캐한 연기 토해내는
자동차 빨리 가자 보채고 차창 너머
잡은 손은 자석처럼 달라붙어 떨어지지 않네.

뿌연 먼지 뒤로 보내고 무에 그리 바쁜지
손 한 번 흔들고 꼬리 감추는 자동차
뒤돌아 대문 안으로 들어서니 또 빈집이네.

오솔길 / 박광현

겨우 한 걸음 한 걸음 옮길 만큼
좁다란 오솔길
발자국 크게 옮기면 길옆 들꽃
발에 밟힐까. 조심조심 걸어갑니다.

길옆에 다소곳이 피어있는 이름 모를
들꽃 들은 이제나저제나 고운 자태
봐줄까 기다림에 지쳐 있고요.

맞은편 저쪽에서 걸어오는 사람이라도
있으면 무척이나 반가울 텐데
오늘은 지나치는 사람이 없네요.
그냥 스쳐 지나는 가을바람만 있을 뿐..

박광현 시인

가을 우체국 앞에서 / 박광현

까만 밤을 하얗게 지새우며
썼다 지우고 썼다 지우기를
반복하면서 겨우 지면을 채운
편지를 들고 가을 우체국 앞에 서 있습니다.

주소, 우편번호 받는 이 다 쓰고
우표도 제 자리에 붙였는데
빨간 우체통엔 넣을 수가 없네요.

받아나 주려는지.
편지 뜯어보고 사연이 유치해서
웃지는 않으려는지.
이런 저런 생각에 우체국 앞에서
서성이고 있습니다.

시인 박목철 편

🎵 시낭송 QR 코드

제 목 : 짬뽕, 스파게티와 손주
시낭송 : 박태임

프로필

- 대한문학세계로 등단
- 대한문학세계 기자(현)
- 대한멀티영상 아티스트협회 회장(현)

수상
- 순우리말 짓기 전국공모전 대상 수상
- 짧은 글 짓기 전국공모전 은상, 금상 수상
- 창작문학 예술인 대상 수상
- 대한 문학세계 최우수 문학상 수상
- 기타, 올해의 시인상, 향토문학상, 등 수상 다수

저서
시집 "세월에 실린 나그네" 출간
대한문학세계, 파라문예 등에 작품 다수 기고

박목철 시집

세월에 실린 나그네

기타
- 특선 시인선, 시인으로 2012년 이후 연속 선정,
- 시화전 초대 시인으로 2012년 이후 연속 선정,
- 체육 전문 카페를 비롯 여러 카페에 고정 컬럼을 기고하고 있음

박목철 시인

세월 저편 / 박목철

세월 저편에
두고 온 줄 알았는데
한잔 술에 취한 잠 문득 깨지고
갈씬거린 조바심을 탓하고 있다.
자리끼 들이켜도 이는 목마름
반거들충이의 속바람인가
가물가물 피어오르는 뉘우침의 조각들,

그랬었지,
그랬더라면,
고상고상의 뒤끝은 늘 아쉬움이라니,
부활한 이는 오직 예수님인데
그래도, 세월 저편을 기웃거린다.
환생을 꿈꾸며,
건밤을 뒤척거린다.

갈씬거리다 – 근근이 닿을락 말락 하다.
반거들충이 – 무엇을 배우다가 다 이루지 못한 사람
속바람 – 몹시 지쳐 숨이 고르지 않고 몸이 떨리는 현상
고상 고상 – 잠이 도무지 오지 않아 누워서 이 생각 저 생각 하는 모양
건 밤 – 잠을 자지 않고 뜬눈으로 새우는 밤

좋아서 웃었다. / 박목철

일본여행에서 돌아와
짐도 안 끄르고 술을 마셨다
젓갈에 곰삭은 김치 안주 삼아
개구리 소리가 요란하다
개굴! 개굴!
착한 백성이 기우제 올리셨나 보다
비도 내리고 있으니,

자연의 화음, 내 땅의 소리,
개굴개굴 주룩주룩
정겹다.

일본 술이 좋다지만
개구리는 개구르 개구르 했겠지
비는 주룻 주룻 내렸을 테고
허허 웃었다
우리 땅이 너무 좋아서.

흔적 / 박목철

범은 죽어 가죽을 남긴다는데
멋진 무늬가 없으니 가죽은 틀렸고
뭘 남기지?

환쟁이의
그리다 만 도화지의 여백이 부럽다
한숨 돌려 채울 부러운 여유,

글쟁이라며, 시인이라며,
허우적거린
흔적만 잔뜩
이 담에
지우려면 지우게만 바쁘게 생겼다.

꿈이 지워지면 치매라는데, / 박목철

꿈이 지워지면 치매라 했다.

건밤에 괭이잠
흐느끼다 잠이 깼다.
뭔가 서러웠는데, 미안도 했었는데
흐느낌의 감치만 움켜쥐고
왜였을까? 누구였을까?
가물대다니,

햇덧에 해바라기
것도 눈이 부시다고
안고 가기도 놓고 가기도,

스친 인연 곱씹으면
다 가슴 아린 서머함이고
되돌리기엔
멀리 곡두 아닌가,

깜박 졸다 깨면
후회는 흐릿하게 지워져 있고
서러움은 또렷이 남아
흐느낌 되었다
꿈이 지워지면 치매라는데,

건 밤 – 뜬눈으로 지새운 밤 / 괭이잠 – 깊이 들지 못하고 자주 깨는 잠
감치다 – 잊히지 않고 늘 마음에 감돌다. / 서머하다 –미안하여 대할 낯이 없다.
곡두 – 실제 눈앞에 없으면서 있듯 가물대다 사라져 버리는 현상
햇덧 – 해가 지는 짧은 동안

남자의 가을 / 박목철

단풍이 곱다
지는 아름다움에 봄을 잊었다.
눈이 시린 햇덧의 비장함이여,

날리는 낙엽 애달프다 마라
하얀 눈꽃이 가득할 기대에
가지는 조바심한다.

왔으니 간다지만
미련이 황홀하구나.
가을아!

햇덧 – 해가 지기 전 짧은 동안
비장 – 슬프면서도 그 감정을 억눌러 장하게 드러냄

가을을 남기고 간 사랑 / 박목철

봉화산 산신당 앞에 간이매점이 있다.
숨이 턱에 차오르면
작달막한 사내가 건네는
오백 원짜리 종이컵 커피 한 잔,
가을이 따사했다.

옹색한 포장 안에는
가을을 훌쩍 넘긴 아줌마들
햇덧이 초조하다
도시락에 정성껏 담은 반찬도 여럿 보이고,
배가 아파 흘깃 사내를 봤다
가을이 짙었다.

사내가 트럼펫을 툭툭 털더니
멋지게 불었다
-가을을 남기고 간 사랑
겨울은 아직 멀었는데-
가을이 짙게, 애잔하게 가슴에 스민다.

눈시울이 붉어져
가을이 서러운 아줌마들도, 나도,
와!

그래
가을이 진다지만
겨울은 아직 멀었잖아
낙엽이 바람에 날린다 해도
그건, 그저 바람이야.

짬뽕, 스파게티와 손주 / 박목철

얼큰한 해물 짬뽕이 좋은데
녀석은 또 스파게티란다.

젓가락으로 콩 집기보다
포크로 국수 먹기가 어렵다는 걸 알았다.
미꾸라지 빠지듯
삼지창으로 국수 먹기라니

젓가락질, 밥상이 두렵던 시절이 생각나고
녀석을 힐끗 봤다
포크로 둘둘 말아 날름날름
의기양양 보란 듯이

국수 몇 젓가락에
해물 한두 점 얹고
혓바닥 굳어서 발음도 요상한
거 뭐 시더라?
손주 녀석 알기나 하는지
짬뽕보다 이태리 국수가 두 배나 비싼 이유를

발을 드리우다. / 박목철

민낯으로 내발리긴 꺼림칙하지
떡칠한 도섭부림에
"이쁘네"

창문을 열면
오가는 이 빤히 보이고
나는 봐도, 남은 못 보면 좋은데,

발을 드리웠다
뭐 감출 게 있다고
샤워실 오가는 벗은 몸이 다인데,

달랑,
움츠린 거시기 가지고
알량하게 콧값 하겠다고?

민낯 – 화장을 하지 않은 얼굴 / 내발리다 – 겉으로 훤히 드러나 보이다.
도섭부리다 – 모양을 바꾸어 다른 모양으로 만들다.
거시기 – 바로 말하기 거북한 상황을 표현한 군말
알량하다 – 시시하고 보잘것없다. / 코 값하다 – 대장부답게 의젓하게 하다.

바람날개(선풍기) / 박목철

−너무 덥다
그래도 고마운 줄 알아야지
왜?
우린 햇볕을 먹고 살잖아, 식물의 광합성

불볕더위에 혀 **빼물**었다.
에어컨 끄면, 덥고
키면, 懲罰的 累進 電氣稅 가슴 졸이고
자린고비의 꼴깍 침 삼키는 소리

바람 날개를 켰다.
녀석, 쥔이 잠드니 고만 쉴 수도 없고
밤새 제 몸 돌려 바람 만드느라
후끈 달았단다.
후덥지근한 바람,
다리 주무르라 하시곤 잠든 아버지 생각이 났다.

겨울이 추우니
여름은 더워야 음양의 질서인데
덥다고,
털도 벗어버리고 진화라 했다
이래저래,
바람날개만 고생하게 생겼다.
에어컨은 겁나서 못 켜고,

정자나무 그늘 밑 시원한 부채질을 그려본다.
불 먹은 콘크리트, 숨통 조이는 아파트에서

232

감히, 어허! / 박목철

-하늘이 노했다-
바벨탑의 경고 까맣게 잊고
유전자 서열, 신의 암호를 풀었다 환호했다.
슈퍼 작물로 기아에서 해방도 됐다고
감히,

인공강우로
비도 뿌리고 눈도 내리고
우주로 메시지도 실어 보냈다 기세 좋게,
-여기는 지구 우주인은 보라-
신의 흉내라니
감히,

최고의 의료시설, 최고의 의료진
낙타가 옮긴 바이러스가 뉘 탓이라고?
어허!

가뭄에 먼지 이는 논밭에
언 발에 오줌발이, 것도 대책이랍시고
어허!

삼베옷에 머리 풀고 단(壇) 앞에 조아리던
나라님은 능(陵)에 계시고
단비 기다리는 애타는 한숨만
흙먼지 속에 신기루 되어 흩어지는가

시인 **박미향** 편

♣ 목차

 ♪ 시낭송 QR 코드

제 목 : 하수오
시낭송 : 최명자

시 <하수오> 중에서

우리는 그녀를 하 부인이라 부른다
그녀는 파 뿌리처럼 흰 머리를 검은 머리로 둔갑시킨다
희로애락이 숨 쉬는 결혼 서약처럼
사랑이란 이름을 단다
그녀의 깊은 속마음을 다 들여다보아도
오묘한 감정을 따를 수가 없다
여인의 하얀 속살을 그리워하는 그녀
남정네의 불타는 욕정이 그리운 듯
갖은 요염을 다 떤다

박미향 시집
山그림자

하수오 / 박미향

우리는 그녀를 하 부인이라 부른다
그녀는 파 뿌리처럼 흰 머리를 검은 머리로 둔갑시킨다
희로애락이 숨 쉬는 결혼 서약처럼
사랑이란 이름을 단다
그녀의 깊은 속마음을 다 들여다보아도
오묘한 감정을 따를 수가 없다
여인의 하얀 속살을 그리워하는 그녀
남정네의 불타는 욕정이 그리운 듯
갖은 요염을 다 떤다
그녀를 만나 안아 보고 싶은 충동을 감출 수가 없다
이 겨울이 가기전에
그녀를 따뜻한 품속에 꼭 안아주고 싶다

사과 / 박미향

가을 햇살이 따사로운 들길을 걷는다
맛있게 잘 익은 사과 향이 난다
솔바람 불어 머릿결에 흩어져 날린다
코끝에 매달린 사과 향이 부른다
차창 밖으로 다가서는 농장 앞에서
어린아이가 사과를 맛있게 먹으며 걸어온다
어릴 적 제사에 쓰려고 사다 놓은 사과를
몰래 먹다 들켜 혼이 난 생각이 난다
어머니는 사과 꼭지를 손에 건네주면서 씨익 웃어 주셨다
지금은 흔하게 먹을 수 있지만
그 맛은 참을 수 없는 유혹이었다
노박덩굴의 노란 옷과 배롱나무 빨간 꽃이
가을 옷으로 물들어 가는 날에
군침 넘어가는 홍옥 하나
무릎에 쓱쓱 문질러 한 입 베어 물고 싶다

길 고양이 / 박미향

햇볕이 나른한 오후
팔베게 구름 삼아 한 잠을 길게 드리는 시간
어디선가 기침을 깨우는 소리
그들의 삶이 찾아들어 얄밉게 요동을 친다
삼각관계인 듯 서로 울부짖는 처절한 몸부림
호젓한 꿈속의 시간을 빼앗았다

세상 살아가는 법도 여러가지
동물이나 사람이나 그 복소리는 무엇인가
약육강식의 테두리를 벗어나지 못한다
걸음걸이도 끝내지 못한 화려한 외출
너울너울 춤추며 사는 인생
채우고 채워도 허기진 배
긴 하루가 낯설기만 하다

가을빛에 물들다 / 박미향

가을 숲길을 거닐고 싶어 하늘공원으로 나서본다
노란 은행잎이 춤을 춘다
아침이슬 영그는 햇살에
산야는 가을 옷으로 갈아입는다
들녘에 물드는 황금 벼 이삭도
고개를 숙이는 가을빛에 물들었다
강가에 피는 물안개도 좋다
나들이에 여념이 없는 행인들 옷차림에도
울긋불긋 온통 가을빛이다
가을은 그리움을 또 그리게 하는 마법이 있다
아름다운 가을빛
서산에 지는 석양을 바라보며
아련한 추억에 잠기고 싶다

빈자리 / 박미향

사랑 그 이름 하나만으로도
절절히 시리디시린 가슴
끓어오르는 용광로 같은
사랑은 아닐지라도
로맨틱한 빛깔을 걸치고 싶다

당신 그늘이 드리워져
행복에 겨워하는 사람 누구
허탈감에 빠져든 외로운 미련이
마음 귀퉁이에 움츠리고 있다

이 밤 하얀 눈 속에 피는
당신을 향한 순백한 마음은
꿈속 일지라도
당신이 다정히 속삭여 주는
사랑의 밀어 속에서 잠들고 싶다.

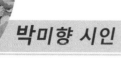

한 송이 꽃 / 박미향

어두컴컴한 진흙 속에 갇혀
한 생명이 되기를
이렇게 험한 세상
밟히고 밟혀가며
모질게도 살아 낸 세월
가슴을 후비는
갖은 욕설과 비열함에도 굴하지 않고
지고지순한 삶에 부푼 꿈
사랑이 뭔지도 모른 바보처럼
살다 찾은 행복
지금 아니면 영원히
이룰 수 없을 것 같아
벙어리 냉가슴앓이로
말없이 이겨낸 아픔과 설움
너의 아름다운 향기에 모두 묻어두자

낙엽 / 박미향

우리는 널 만나기 위해 오서산으로 가을여행을 떠났다
거기엔 노란단풍과 빨간 단풍
그리고 상수리가 가을비에 떨어져 구르고 있었다
밤새 내린 비에 들녘은 온통 새앙쥐되어
바닥에 널브러진 은행도
얘야 나도 좀 데려 가줘 여기는 추워서
감기 걸리겠다며 아첨을 떤다
임도를 따라 한참을 걷다가보니 저 멀리 안개사이로
산야에 물든 오색의 물결이 춤을 춘다
얏..호 환호성에 메아리도 덩달아 춤을 춘다

우리는 아쉬운 발길을 돌려
광천 젓갈이 일품이란 말에
하얀 쌀밥에 새우젓 한 수저 올려 허기진 배를 채워본다
우리는 오늘 널 한 없이 밟아 버리고 말았다
내일이면 몸살이 날 널 생각하니
지나온 시간들이 아쉽다
이젠 널 보내주고 다음을 기다려야 할 시간이다
아름다운 이바구는 끝이 없이 흐르지만
저물어가는 하루가 우리는 너무 짧다

박미향 시인

송편 / 박미향

하얀 가루 덮어쓰고
동그랗게 빚어
솔잎에 걸터앉아
온갖 요염 다 부려도
달구어진 찜통 속에
잘 익은 그대는
엉클어진 모양새
향기로운 군침만 맴돌 뿐
소슬 문에 기대앉아
기다리는 어미 마음
집 나간 형제들 한곳에 모여
한바탕 웃음꽃이 번지고 난 후
쓸쓸한 초가지붕 아래
잠자리 맴돌다
가을 하늘 먼 곳으로
날갯짓하며 날아오른다

운명 / 박미향

사랑을 그리는 그림은 어느 모습일까
묵직하게 다가서는 바윗덩어리처럼
무거운 사랑 짐을 내려놓고 싶은 마음
사랑을 예측 할 수 없듯이
두 남녀사이에 매달린 그림자
이루지 못할 사랑의
미련 덩어리를 잡고 싶은 것은 아니겠지
당신 앞에 있으면 그냥 행복하고 좋은 데
이별을 뒤에 두고 흘릴 눈물을 생각하니
가슴시린 날들의 애달픈 마음이
깊은 속내음까지 품어내고 있다
함께 할 수 없는 사랑을 예감하면서

세월호 / 박미향

4월의 중반
아름다운 꽃 피지도 못하고 물속에 잠겼다
느닷없는 조난소식에 어쩜 저리도 허망할까
우리 아이 우리 가족이 아니라도
모두가 아픈 날이 또 마음속에 응어리진다

한 사람의 사리판단이 흐려
수백 명의 생명을 내 주었다
아직은 어머니 품속이 그리운 아이들
온종일 티브이 앞에서 가슴 시린 눈물에
제 삶을 펴 보지도 못한 진실의 욕심
바다 속 세찬 물살에 떠밀려
살아남은 기적 같은 아이들

바다 속 차가운 물속에 묻혀버린 희생
날 벼락이 따로 있으랴
어린아이들이 무슨 죄이기에
꽃다운 나이 17.18세
한창 꿈에 부푼 삶을
그려보지도 못하고
어두컴컴하고 무서운 그 속에서
삶의 몸부림과 오열 속에 하루가 또 저문다

건축무한육면각체

이상

사각형의내부의사각형의내부의사각형의내부의사각형의내부의사각형
사각이난원운동의사각이난원운동의사각이난원
비누가통과하는혈관의비눗내를투시하는사람
지구를모형으로만들어진지구의를모형으로만들어진지구
거세된양말(그여인의이름은워어즈였다)
빈혈면포, 당신의얼굴빛깔도참새다리같습네다
평행사변형대각선방향을추진하는막대한중량
마르세이유의봄을해람한코티의향수의맞이한동양의가을
쾌청의공중에봉유하는Z백호. 회충양약이라고씌어져있다
옥상정원. 원후를흉내내이고있는마드모아젤
만곡된직선을직선으로질주하는낙체공식
시계문자반에?에내리워진일개의침수된황혼
도어-의내부의도어-
의내부의조롱의내부의카나리아의내부의감살문호의내부의인사
식당의문깐에방금도달한자웅과같은붕우가헤어진다
파랑잉크가엎질러진각설탕이삼륜차에적하(積荷)된다
명함을짓밟는군용장화. 가구를질구하는조화분연
위에서내려오고밑에서올라가고위에서내려오고밑에서올라간사람은
밑에서올라가지아니한위에서내려오지아니한밑에서올라가지아니한위
에서내려오지아니한사람
저여자의하반은저남자의상반에흡사하다(나는애련한후에애련하는나)
사각이난케이스가걷기시작이다(소름이끼치는일이다)
라지에터의근방에서승천하는굿바이
바깥은우중. 발광어류의군집이동

245

시인 **박영애** 편

♣ 목차

♪ **시낭송** QR 코드
제 목 : 아직은
시낭송 : 김락호

프로필

대한문학세계 시 부문 등단
대한창작문예대학 졸업
문예창작지도자 자격 취득
2015년 시낭송지도자 자격증 취득
현) (사) 창작문학예술인협의회 이사
현) 대한시낭송가협회 회장
현) 대한문인협회 금주의 시 선정위원
현) 대한문학세계 편집위원
현) 대한문화예술방송 아트티비
         '명인명시를 찾아서' MC
현) 동화구연, 시낭송 교육강사

2010년 오장한 문학제 전국 시낭송대회
         대상 수상 및 그 외 다수
2012년 대한문인협회 한국 문화 예술인상 수상
2013년 (사)창작문학예술인협의회
         특선시인선 부록 시낭송가 감사패 수상

2013년 대한시낭송가협회
         국회의원 박범계 특별상 수상
2014년 대한문인협회 한국 문화 예술인 대상
2014년 대한문인협회 한 줄 詩 공모전 은상 수상
2014년 박경리 전국 시낭송대회 특별상 수상
2015년 대한문인협회 한 줄 詩 공모전 은상 수상
2015년 대한문학세계 여름호 인물탐방
2015년 대한문인협회 이달의 시인 선정

공저
2015년 특별 초대 시인 시화 작품집
         [유화에 시의 영혼을 담다]
2015년 대한창작문예대학
         졸업 작품집 [우리들의 여백]

아직은 / 박영애

당신이 이 세상 떠나던 날
그 슬픔은 눈이 되어 내리고
내 마음을 얼게 했습니다.

흐르는 시간 속에
내 심장은 멈춘 듯 뛰지 않았고
초점 없는 눈은
먼 허공만 바라보았습니다.

망부석이 되어
흔들림 없이 나만을 바라보고
사랑하겠노라 고백하던 당신

그 사랑을 감당할 수 없어
환한 웃음 대신
당신을 외면하며 아프게 했던 순간들이
한 없이 후회스럽습니다.

아직도 나는
당신을 보낼 수 없기에
마지막 가는 길 배웅하지 못하고
가끔,
주인 없는 전화번호에 메시지를 남깁니다.

잘 지내고 계시지요
보고 싶습니다.

농부, 까치밥주다 / 박영애

들판위에 곱게 펼쳐져
멋스러움을 자랑하던 벼들도
어느새 바닥에 누워
흰 옷으로 단장하면
울긋불긋 익어가는 가을은
겨울을 준비한다.

감나무는 주렁주렁 달고 있던 청춘을
하나, 둘 세월에 떨구며
덩그러니 까치밥만 남긴 채
갈잎에 옷을 갈아입고
일광욕에 취한 곳감으로 내어준다.

농부들의
쉼 없이 움직이는 몸 짓 속에
한숨과 웃음이 묻어나는 땀의 열매가
곳간을 채우면
소나무 껍질 같은 농부의 손은
쉬지 않고 누군가를 위해 아궁에 불을 지핀다.

수첩 속에 빛바랜 사진 / 박영애

하얀 이를 드러낸
빛바랜 추억이
세월의 더께에 앉아
꿈을 안고 웃는다.

꿈이 있었다.
영원한 동심과 함께
늙어가고 싶은 꿈 하나와
복음사역을 하고 싶은 소녀.

마흔의 언저리에
사진첩의 소녀가 꿈을 안고
거울 속에서 웃는다.

유년의 꿈 하나가
현실이 되어 여인의 품속으로 파고든다.
내일의 창문을 열고서.

어머니의 눈물 / 박영애

촛불로 어둠을 밝히던 유년
장난으로 내딛은 헛발질에
삶을 태워버린 불꽃은
어머니의 가슴도 활활 태웠다.

까맣게 타버린 어머니의 심장이
불길 속 아이들을 향한 절규로
어둠을 때리고
허공에 던진 어머니의 처절함은
아이들의 그을린 숨소리에
빛으로 녹아 내렸다.

어머니는
검은 연기 토해내는 날숨을 끌어안고
어둠을 밝히는 촛불로
세상 앞에 우뚝 섰다.

심지가 까맣게 타 들어가
심장에 꽂힐 지라도
어둠을 밝히는 것은
어머니의 마음이리라.

만남 / 박영애

처음엔
그냥 무덤덤했습니다.

두 번짼
그의 말에 귀를 기울였습니다.

세 번짼
한 번 더 웃었습니다.

네 번째 보았을 땐
그가 내 눈에 들어왔습니다.

다섯 번째 만났을 땐
내 마음에 자리하고 있었습니다.

생각만 해도
가슴 떨리는 그대입니다.

긴 기다림 / 박영애

녹슨 철모조차 버티기 힘든 세월이 흘렀다.
이별의 아픔에 버티다 포기한 지금의 현실
노년의 희망가는 자유로운 철새가 되어 버렸다.

달리다 멈추어선 철마의 고독
철커덕, 철커덕 간절히 바라던 믿음도
긴 고독에 못 이겨 고이 잠든다.

한 많고 서러운 이별의 세월
버리지 못한 넝마는 가슴에 남고
못 다한 만남은 머리위에 허연 서리로 내린다.

중년의 사랑 / 박영애

질긴 고난의 세월
깊은 심장에 남겨두고
바람에도 부끄러워하는 꽃잎이여.

지난 봄
온몸을 불태운 고통의 상처 숨기고
산허리에 수줍게 피어나는 향기는
밤새 토해낸 사랑의 절규이리라.

가파른 비탈길에
가녀린 뿌리에 온몸 맡기고
먼 그림자로 남아 있는 사랑 찾아
바람에 실려 보내는
애절한 사랑이여.

네가 피어난 자리
고난과 인고의 세월을 보내고
중년의 언덕이로구나.

민들레 날다 / 박영애

흰 이불을 덥고 잠자던
노란 꽃잎이 이불 사이로
얼굴을 내밀었다.

잠에서 깨어난 자그마한 꽃잎은
노란색 꽃도 되고,
하얀 솜사탕도 되다
구름처럼 피어 날린다.

솜털처럼 여린 사랑을
하얀 그리움에 사랑으로
바람이 실어 나르면
내 마음도 덩달아
사랑을 실어 나른다.

피반령 고개 / 박영애

유난히 바람이 차갑게 불던 날
이름도 모른 채 너를 만났다.
굽이굽이 휘어지는 미로 같은 너를 따라가면서
알 수 없는 적막감과 두려움이 나를 휘감았다.

차츰 시간이 지나 너를 알게 되었다.
이름은 피반령 고개
해발높이 360미터
아름다운 사계절의 멋진 풍경
청주와 보은을 연결해주는 소중한 통로다.

그런 네가 언제부터인가
내 삶속에 깊숙이 자리했다.
철마다 형형 색깔의 아름다움을 선물해 주었고
기쁨과 슬픔을 함께 나누며 지친 삶을 위로해주고
열정적인 꿈과 삶을 향해 달릴 수 있게 해주었다.

너를 만나 두렵기도 했지만
지금 나는 너와 함께
삶을 동행하고 싶다.

흔적 / 박영애

길을 나섰다
상쾌한 봄바람이 기다렸다는 듯이
살랑살랑 나의 코끝을 간지럽히며
마음 설레이게 한다.

길을 걷다가
돌부리에 걸려 넘어져
조그마한 생채기가 났지만
아랑곳하지 않고 힘차게 걸었다.

한참 길을 가다가
새로운 동행자를 만나
함께 이야기 나누면서 웃다보니
둘이 아닌 하나가 되었다.

가던 길을 잠시 멈추고 서서
목도 축이고 주변도 둘러보며
다른 이들의 이야기도 귀담아 듣고
비울 것도 비웠다.

다시 길을 나서기 위해
왔던 길 돌아보니
그리 길지도 짧지도 않으면서 크고 작은 변화에도
묵묵히 걸어온 내가 있었다.

시인 박재도 편

♣ 목차

 ♪ 시낭송 QR 코드
제　목 : 남국의 꽃잎 사랑
시낭송 : 최연수

시 <가을이 오면……> 중에서

이국땅
더위에 지쳐 낡은
작은 가방 속에
쓰다 남은 헌 수첩
볼펜 하나 달랑 넣고

구절초 국화꽃
소담스레 피어 하늘거리는
그곳을 향해 가고 싶소.

은하수 / 박재도

이국땅
고요한 어둠이 깔리면
사이공 강에
은빛 은하수가 내려앉는다.

별이 흐르는 강
영롱한 눈망울에
인적 없이 굽이굽이 떠가는
하얀 쪽배

작은 별 사이사이 반짝이는 추억들
달에 비친, 너울너울 금빛 파문이
내 마음 깊은 곳
소리 없이 울린다.

은하수처럼 수많은 별이 되어…

메콩 강 (메콩 델타) / 박재도

메콩 강
태고로부터 태어나
티베트, 미얀마, 라오스, 캄보디아, 베트남
남중국해 순간까지...

7천 리 길
부평초 실은 한 많은 강,
귓전에 고 느직하게 울려오는
아름다운 영혼의 열풍이 나를 부른다.

앙코르와트의 영화인가
킬링필드의 한 녹아 누른빛인가
가난도 고난도 수많은 세월 속에
엄마의 위대한 강.

여울목 삼각주에 곱게 핀 역사
잠든 임의 침묵 앞에
고요히 흐르는 역사의 영혼이
강물로 나를 반긴다.

고향 바다 (베트남에서) / 박재도

꿈에서도 아롱 그리는
내 어린 고향 바다.

장복 산 천자 봉에 남겨둔 나의 꿈
구름에 가린 낮달처럼 희미한 그 시절이…

그리움에 지친 고향바다 나를 부르고
갈매기 춤사위로 노 젖듯 그리움은,

까맣게 잊어지는 만선의 뱃고동소리가
겨울바람에 밀려가는 듯 조각 배 되네.

낮달 푸른 고향 바다 향수에 젖어
마음은 머 언 섬돌아 천자 봉을 걷는다.

내 푸른 고향 바다
이국 땅 에서…

그리움 / 박재도

오늘도 스쳐 지나간다.
저 태양은 뉘엿뉘엿
황금빛 그리움으로…….

재 너머 워낭 소리
말 없는 미물들도 재 집 찾고
진종일 떠다니는 부평초
십자성 아래 여울목 찾아든다.

타국 땅 야자나무 잎 살랑살랑
열풍에 묻어오는
내 고향 두엄 향기
실룩샐룩 콧날 시려 오고

외로워 뜬 낮달 가슴에 파고들어
동녘에 숨 쉬는 무모, 형제, 친구
밀려오는 그리움에
부평초 사이사이 반짝이는 태양은

흘러간 세월에
희멀거진 반백 지붕 아래
초롱초롱 매달려 지친
영롱한 이슬 훔친다.

가을이 오면…… / 박재도

이국땅
더위에 지쳐 낡은
작은 가방 속에
쓰다 남은 헌 수첩
볼펜 하나 달랑 넣고

구절초 국화꽃
소담스레 피어 하늘거리는
그곳을 향해 가고 싶소.

소슬바람에 꺾어질 듯 휘어져
가시덤불 세상
환한 모습 내밀고

그리움에 지쳐서
저리도 휘어 고운
구절초 곱게 핀 그곳을 향해

올가을 멋 부리고
쪽빛 하늘 하얀 구름 타고
찾아가고 싶소.

텃밭과 어머니 / 박재도

남산 진달래꽃
연분홍 향기 보릿고개 넘어올 때
남새밭 울타리 탱자나무
주렁주렁 노란 탱자 잎 사이로
호랑나비 너울너울 춤추며
알 점찍고.

초록빛 상추 배추 고추나무 위
흰나비 노랑나비 사랑 찾는 춤사위에
오뉴월 대청마루 처마 밑
대롱대롱 보리밥 소쿠리
누른 삼베 적삼 걸치고
한들한들 요람 탄다.

떨 감나무 아래 장독대 옆 우물가
고추잠자리
가실 바람 타고 찾아와
물 점찍고 날아가니
감나무 아래 떨어진 만추
어머니가 정성으로 주워담아
사랑의 홍시 만들었네.

해묵은 대추나무
무화과에 밀려난 새색시 오동나무
스산한 겨울바람
한 닢 두 닢 떨어지면
바둑이가 멍, 멍, 멍
어머니는 오동잎 주워모아
저 귀퉁이에 걸어 놓은
가마솥에 불 지펴
배춧잎 무 총 시래기 삼는다.

모락모락 피어나는 안개꽃 넘어
물 한 모금 한 시름 하시고서
휘어진 구절초 꽃잎 저고리에
연보라 도라지꽃
비녀 머리 위에 꽂으시고
부지깽이 짚고서 허리 펴시는 어머니 남새밭.

263

본향(本鄕)의 흙 / 박재도

두견화 피는 뒷동산
고향 집
장독 기왓장도 흙, 방바닥도
벽, 텃밭도
엄마의 흙

졸졸 실개울가 진 찰흙에
주린 배 채우고
구슬 빚어 공기놀이
뗘 감고 송사리 집 지으면
하루해 뉘엿뉘엿.
귀천(歸天)에 기울지 않은 낮달
기러기 꽁지에 엮어 연 띄우고
재 넘어 두엄 향기 실은
신작로 누렁 황소
여명(餘命) 소리에

흙 묻은
책보 짐 등에 메고
검정고무신 손에 들고
엄마! 하고
본향 (本鄕)으로 달려간다.

어머니 기일 / 박재도

진보라 도라지꽃 필 무렵
쉰둥이 태몽
뜰 앞 정자나무 가지 끝에
하얀 꽃 한 송이 피었다.

그 꽃 한 송이
다섯 해 빈 젖 물려 키워
책 봇짐 등에 메어 주시고서
비녀 머리 곱게 단장한
하얀 머릿수건 풀어
눈물 감추시고,

보릿고개 넘어 실려 오는
구절초 향기 따라
본향으로 돌아가실 때
하늘도 울고 땅도 울었다.

한 서린 반백 년 전
당신의 영정 앞에서
초승달 닮은 하얀 코고무신
철부지 가슴에 쓸어안고
엄마! 엄마! 엄마!
통곡의 눈물 뿌리든 날
오늘이다.

사랑합니다. 어머니!

박재도 시인

살포시 오소서 / 박재도

그리워 텅 비어 고요한 마음
산사의 풍경소리 해맑고
고향의 매미 소리 귓전에 가득할 때,

개울가 송사리 은빛 따라
철 이른 잠자리 사랑 나누고,
개구쟁이 검정고무신 벗어
벌 나비 채어 빙글빙글 돌리던 동무가,

파란 하늘 양털 구름 타고
내일이면 온다 하네.

간밤 설렘에 설친 꿈
잔잔한 대숲에 바람 타고,
새벽이슬처럼 영롱한 그리움으로
살포시 살포시 오소서.

남국의 꽃잎 사랑 / 박재도

사랑하고 싶다.
꼭 앙다문
꽃잎 달싹이듯 순간순간
미묘한 선율을 타고

보드랍게 떨리는
생의 긴박한 설렘은
가슴 한복판 간격을 조율하고
솟구치도록
타오르는 강렬한 사랑 어쩌면 좋을까.

내 욕신
이미 남국 하늘에
밤이면 별이 되고
낮이면 바람 되어 그대 곁 있으니,

손사랫짓한
공허한 세월인들
뜨거운 내 심장 어찌 모른다 할까.

남국 태양 뿜어내는 무한한 에너지
그 환희로
이제 당당히
그 꽃 앞에 설수 있었으면…

시인 **박정근** 편

♪ **시낭송** QR 코드
제 목 : 그곳에 가고 싶다
시낭송 : 이예주

시작노트

또 한 번의 가을을 보내고
또 한 번의 겨울을 맞으며
한 살 두 살 겹겹이 걸쳐 입은 나이에
세월의 무게까지 더해지니 또 다른 감회에 젖어
자꾸만 뒤돌아보는 시간이 많아진다.
속절없이 떠나보낸 시간 사이사이마다
문득문득 나를 잡아채는 그리움이 있었지만
애써 외면하기도 하고
짐짓 모른 체하며 발길을 재촉했던 때가 많았다.
그러나 이제는 내 그리움의 끝 그곳을 돌아보며
나를 잡아채던 그리움을 보듬고
나를 잡아채는 추억을 다독이고 싶다
오늘도 나는 작은 노트 하나 챙겨서
시인의 이름으로 그리움을 향해 여행을 떠난다.

내 그리움의 끝에는 / 박정근

내 그리움의 끝에는
서른다섯 번쯤의 여름을 거슬러 올라
신작로 옆 키 큰 미루나무 밑을 서성이는
여드름투성이 사내아이가 있다

낡은 시외버스가 멈추고
석양빛 물든 신작로에 소녀가 내리면
갈래머리 세라복 소녀의 뒤통수만 바라보며
대여섯 걸음의 거리를 두고 들길을 걸었다

동네 어귀에 다다른 소녀가
하얀 손을 보일 듯 말듯 흔들며 살며시 웃어주면
노을처럼 붉게 물든 얼굴 들킬까
사내아이는 얼른 뒤돌아서 들길을 달려 나왔다

오늘처럼 저녁노을이 붉고 고운 날은
고향 신작로 옆 키 큰 미루나무 이야기와
내 그리움의 끝 그곳에 서서
하얀 손을 흔들어 주던 세라복 그 소녀가 그립다.

그곳에 가고 싶다 / 박정근

철 지난 바닷가
낡은 나무의자 삐걱거리며
너와 나 사이로 흐르던 음악에 흔들리던
그 찻집엘 가고 싶다

시를 얘기하고
별똥별의 전설을 얘기하고
단테와 베아트리체를 얘기하다
식어버린 커피를 마셨고

눈시울 붉히며
멜라니 사프카의 슬픈 노래를 따라 부르다
밤하늘의 별보다 더 많은 서러움에
파도처럼 온밤을 울먹거렸다

시를 사랑하고
별을 사랑했던 너와 나의 기억 저편
철 지난 바닷가 그 찻집에는
아직도 멜라니의 그 노래가 흘러나올까.

그리운 소리 / 박정근

아침이면 굴뚝마다 모락모락 흰 연기
딸그락딸그락 아침밥 짓는 소리
딸랑딸랑 두부 장수 고단한 방울 소리
음매 음매 송아지 허기진 울음소리
스르르릉 가마솥 소여물 푸는 소리

간장통 가득 실은 짐자전거
아낙네 불러대는 간장 장수 걸쭉한 목소리
낮잠 자는 아이 어서 일어나
찌그러진 양은냄비 훔쳐내라 꼬드기는
짤랑짤랑 엿장수 가위질 소리

막걸리 몇 사발에 휘청휘청 들어오신
고단한 우리 아버지 힘 빠진 한숨 소리
풍덩 우물로 두레박 떨어지는 소리
등목 물 끼얹어주며 할머니 끌끌 혀 차는 소리
평상에 누워 밤하늘 별 헤다 까무룩 잠드는 소리

곤히 잠든 막둥이 머리맡에
팔랑팔랑 모기 쫓는 우리 엄마 부채질 소리 그리운 소리.

바람이 분다 / 박정근

바람이 분다
돌덩이처럼 가슴을 짓누르던
그리움과 그리움 사이
작은 틈새에서 바람이 분다

아무리 애를 써 봐도
잊을 수 없을 거라는 슬픈 예감에
절레절레 고개를 저어 보지만
이미 시작된 그리움은 바람이 되고

바람은 파도처럼
고요한 심장의 침묵을 깨트려
등대 그 외로운 불빛보다
더 쓸쓸하게 소리 내 울었다

혼자서는 도저히 어쩔 수 없는 마음은
끝내 가슴을 가르는 성난 바람이 되어
그리운 이름 하나 붙들고
그대 향해 바람처럼 길을 떠났다.

여름과 가을 사이 / 박정근

새벽을 깨우던
사나운 소나기가 물러간 아침
문득 밀려드는 생경한 서늘함에
따뜻한 찻잔 하나 감싸들고
창가에 기대서봅니다

달빛 쫓아 길 떠나듯
그대 쓸쓸히 멀어지던
골목길이 저 아래로 보이고
살며시 내려놓은 찻잔에는
어느새 그리움이 여울져 일렁입니다

아직 가을은 멀기만 한데
여름과 가을 사이 그 쓸쓸한 계절은
댕강댕강 온몸으로 울어대는
처마 끝 풍경소리 따라
이 만큼 이 만큼씩 다가와 버립니다.

붉은 노을 / 박정근

누군들 가슴속에
저렇게 뜨거운 불덩이 하나쯤
없었을까마는
덜컹덜컹 내려앉는 노을을 마주할 때
가슴에 파고드는 허무함은

욕심껏 짊어진 삶의 희망과
석양에 드리워진 삶의 그림자와
꿈을 향해 내달리던 식지 않은 열정까지도
언젠가는 서산에 지는 서러운 노을처럼
쓸쓸히 떠나고 말 거라는 두려움 때문이지

땅거미 진 들녘에 외로이 서서
한 줄기 바람에도 휘청 휘청거리는
힘 빠진 사내의 쓸쓸한 눈동자와
떡 진 머리 쓸어 올리는 손가락 사이에도
붉은 노을이 꽃잎처럼 진다.

도시의 몰락 / 박정근

성난 태양이
세상을 삼켜버린 여름
껍데기로 남은 도시의 밤은
인적 끊어진 사막의 모래언덕과 같이
바람조차 숨죽인 적막한 밤을 맞았다

도시는 점점 어둠 속으로 침몰하고
전쟁터 같던 도시의 도로마저
한바탕 폭설이 내리던 겨울의 그 어느 날 처럼
오랜만의 낯선 평화 속에서
하늘을 향해 반듯이 누워 버렸다

비틀거리던 취객이 흘리고 간
알 수 없는 넋두리마저 잠이 들고
텅 빈 도시의 밤이 희미하게 밝아올 때야
어둠을 쓸어 담는 청소차의 굉음에
화들짝 놀란 도시가 장승처럼 우뚝 솟았다.

홍시 / 박정근

이 세상에서
제일 달콤한 홍시는
아랫마을 돌담길 끝에 사는
사람 좋은 덕배 아저씨네 홍시다

돌담길 옆 키 큰 감나무에
말랑말랑 홍시가 익을 때면
주먹만 한 돌멩이 던져서
운 좋게 떨어진 홍시를 얻었다

하지만 그날은 정말로 운이 나빴다
헛손질에 날아간 돌멩이는
애꿎은 남의 집 간장독 깨트리고
홍시보다 더 붉은 회초리 자국이
종아리에 다섯줄이나 생겼다.

귀로 (歸路) / 박정근

한때는 분명하게
어제보다 내일이 훨씬 더 많았었다
시시때때로 지쳐 쓰러졌지만
내일을 향한 발걸음을 멈출 수가 없었다

이제는 분명하게
내일보다 어제가 훨씬 더 많다
신발 끈을 조이고 묶는 시간보다
자꾸만 뒤돌아보는 시간이 더 많아진다

앞산을 여유롭게 넘어가던 석양은
언제부터인지 화살보다 더 빠르게 스러지고
옆구리를 스치고 달아나는 세월은
총알보다 더 빠른 속도로 멀어지고 있다

습관처럼 길든 생활을 답습하며
부산스런 몸짓으로 하루를 허둥거리다
어스름 해 저무는 골목길에 들어서다 말고
고향 집 군불 냄새가 목구멍에 턱 걸려버렸다.

흔적 / 박정근

붉게 물들어 뒹구는 나뭇잎
은행나무 샛노란 공원길
덩그러니 앉아있는 낡은 벤치
골목 끝 어디선가 들려오던
거나하게 취한 통기타 소리

저만치로 멀어지다
발밑을 맴돌아 가는 바람에
상처 난 낙엽은 구석으로 내몰리고
그 가을의 쓸쓸한 기억은
아직도 가슴 한 귀퉁이에서
앓는 소리처럼 바스락거리는데

또각 또각 또각
가던 길 멈추고 돌아서서
나를 향해 하얗게 웃던
아직도 알 수 없는
당신의 마음 그리고 하얀 그 미소.

시인 **박정재** 편

 ♪ **시낭송** QR 코드
　제 목 : 청 보리밭
　시낭송 : 박영애

시작노트

팔순에 접어든 나이에 찾아온 시의 세계는
감정이 메말라 붙어 있을 살길에 단비가 내려
온갖 것들이 움트는 생육의 힘을 선물하였습니다.
이러한 기회를 안겨주신 대한문인협회 김락호 이사장님
그리고 이러한 길로 인도해 주신 대한문인협회
주응규 이사님께 마음 모아 감사드립니다.
이 나이에 시인이라는 대열에 끼어들어 시를 쓴다는 것이
어쩌면 고집스런 욕심이 아닐까 반문하면서
시인이라는 대열에서 쫓겨나지 않도록 어제도 오늘도
무엇인가를 느낀 대로 본대로 써내려가고 있습니다.
그러나 나 자신 스스로 시인이라고 말하기에는 아직은
부끄럽고 부족한 떨림으로 다가옵니다.
고운 단풍잎 다 놓아버리고 다시 새봄을 기다리기 위해
엄동설한 한파를 견디는 가을 나무처럼
보다 새로운 시의 세계로 가기 위한 참음과 노력으로
독자에게 사랑받으며 오래 기억되는 시인이 되는
작은 소망을 가슴에 품어봅니다

박정재 시인

청 보리밭 / 박정재

파란 파도가 봄볕에 일렁인다.
한쪽으로 쏠렸다 다시 고개를 드는
청 보리밭 푸른 파도는 출렁이고
그 파도를 가르는 한줄기 좁은 길
마치 나룻배가 지난 흔적이다.

청 보리 밭 파란 물결 위에
보리보다 더 파란 연인의 모습
파도에 출렁이는 예쁜 돛단배
아름다운 사랑이 무르익어간다

한줄기 봄바람이 지나 간다.
청 보리 위를 휘졌고 지나간다.
봄바람에 흔들리는 청 보리는
봄볕에 황금물결이 되고
석양빛 그늘 속으로 숨어든다.

애타는 그리움 / 박정재

그대 숨 소리였던가!
돌아보면
물 위를 날아가는 갈매기 하나

그대 발소리였든가
돌아보면
바람에 흔들리는 나무 가지

동틀 녘 하늘 햇빛은
구름 속에서
수즙은 얼굴 내미는데

사방을 아무리 둘러보아도
그리운 얼굴은
어디에도 보이질 않네.

人生은 흐르는 시냇물 / 박정재

人生은 흐르는 시냇물
흐르다 보면
나뭇잎도 떨어지고
산천어도 헤엄치고
그렇게 흘러 강물이 되고
그렇게 흘러 바다로
사라진다네.

人生은 흐르는 시냇물
바위 굴러 막히면
틈새 찾아 흐르고
빗물에 흙탕물 되면
가라앉히며 정화시키고
그렇게 흘러 바다로
사라진다네.

人生은 흐르는 시냇물
많으면 많은 대로
적으면 적은대로
골 따라 흘러 흘러서
물길 따라 강 건너 바다로
그렇게 흘러가는
시냇물이라네.

겨울 이야기 / 박정재

눈이 덮인 지붕 밑
초롱초롱 눈이 빛나는
예쁜 아이들이
입담 좋은 할머니의
이야기를 듣는다.

그들이 자라서
어른이 될 때는
할머니는 안 보이고
할머니의 이야기만
가슴 속에서 자라고 있다.

한 겨울밤의
할머니의 이야기는
탐스럽게 자라는
정서에 거름이 되어
아름답게 꽃을 피운다.

장미의 꿈 / 박정재

장미는
아름다운 꽃이 되고 싶다.
벌과 나비 나라와
마음껏 놀다 가는 꽃

장미는
오래오래 피고 싶다.
보지 못한 사람이
아무도 없는 꽃

장미는
꽃 중의 꽃이 되고 싶다.
가시는 감추고 있지만
그것을 마무도 모르는 꽃

장미는
예쁘게 시드는 꽃이 되고 싶다.
땅에 떨어져 뒹굴어도
밟히지 않는 꽃

하늘이 보인다. / 박정재

절벽처럼 깎아지른 계곡을
네발로 기어오르다가
위를 쳐다 본다.
나뭇가지 사이로
멀지않은 거리에 빠끔히
하늘이 보인다.

아 하늘이 보인다.
계곡 숲 사이로 파란
하늘이 보인다.
미련한 나는 착각을 한다.
정상이 눈앞에 있다고

기어오를수록 그 하늘은
멀지 않은 그 자리에서
나를 부른다.
이처럼 희망에 속는 것이
우리의 삶이 아닐까?

그래 속아보자.
언젠가는 산정에 올라서서
그 하늘을
내 눈에 송두리째
넣을 수 있겠지

세월이 가면 / 박정재

한세상
한 눈 팔 겨를 없이
달려왔는데
남는 것은
너와 나 우정뿐이네.

여보게!
반복 또 반복해서
불러보지만
아쉽게도
허락된 시간이 다 가네.

세월이 가면
사라지는 정든 얼굴들
빈 허공에
손을 흔들어
환송의 인사를 할 뿐이네.

지나온 세월 / 박정재

무심코 지나온 세월
그곳에는
너도 없고
나 또한 보이지 않는다.

그저
무심히 흐르는 시간
그 흔적의 그림자뿐이다.

돌아갈 수 없는
꼭 돌아가고 싶지도 않은
시간
그렇다고 쉽사리
잊히지 않는 시간

가을 그리움 / 박정재

오색 단풍잎
갈바람에 흩날릴 때
가슴 속 그리움도
덩달아 흩날리네.

흩날리는 그리움
땅 위에 내려와
이리저리
뒹굴다 부서지면

가슴 메는
멍든 그리움 되어
땅속에 묻혀서
파란 잎으로
다시 태어나기를
기다리네.

고향의 향기 / 박정재

하늘이 푸르고 높은
가을날이면
아련히 떠오르는
그때 그 시절
고향을 향한 추억이
바쁘다

풍성하게 익어가는
포도송이
나무마다 주렁주렁
살찐 과실들
황금 들녘 출렁이는
벼 이삭이 춤을 추는

오염 되지 않은 시절
추억의 강물 속에
풍덩 뛰어들어
고향의 향기를 더듬는다.

광야

이육사

까마득한 날에
하늘이 처음 열리고
어디 닭 우는 소리 들렸으랴

모든 산맥들이
바다를 연모해 휘달릴 때도
차마 이곳을 범하던 못하였으리라

끊임없는 광음을
부지런한 계절이 피어선 지고
큰 강물이 비로소 길을 열었다

지금 눈 내리고
매화 향기 홀로 아득하니
내 여기 가난한 노래의 씨를 뿌려라

다시 천고(千古)의 뒤에
백마(白馬) 타고 오는 초인(超人)이 있어
이 광야에서 목놓아 부르게 하리라

시인 **박희자** 편

♪ **시낭송** QR 코드
제　목 : 아버지의 새벽
시낭송 : 박순애

프로필

부산 사하구 거주
대한문학세계 시 부문 등단
(사)창작문학예술인협의회 정회원
대한문인협회 부산경남지회 정회원

한국방송통신대학교 부산지역대 < 낟가리문학상 > 가작
유화에 시의 영혼을 담다 공저

아침 / 박희자

엄마의 젖줄에 의지하는
갓난아기처럼
줄기차게 쏟아지는
삶의 젖줄에 붙어
숯검정 같은 어둠을 헤치고
새벽어귀에 생명의 뿌리를 내린다.

푸른 바닷물 옷 입고
육지로 올라온 싱싱한 물고기들
줄 지어 큰 손을 기다리고.
하얀 은가루를 뿌린 듯
비늘 반짝거리는
고무장화 잰걸음에 바쁘다.

뱃고동 울림보다 더 높은
경매사의 굵직한 목소리
하늘을 찌를 듯
힘차게 들어 올린 손
사래 치는 수화를 쫓아
체크무늬 앞치마를
삼십 인치 내 허리춤에
야무지게 두르고
새벽어둠을 세차게 걷어낸다.

깃발 / 박희자

노을 진 창가에
분홍빛 꿈이 나부낀다

부는 바람결에
한 가닥
굵은 주름살을 펼치고
엎드려 있던
묵은 기다림에
채찍을 던진다

폿대 끝에 매달려
숨겨졌던
심연의 생명은
이는 바람에 너울지고

던지는 깃폭에
흐르는 춤사위
노을빛 하늘에 물들어간다

박희자 시인

봄이로구나 / 박희자

홍매화 처연히
하얀 촛대 위에
빨갛게 불 밝히고
붉은 꽃 잔등 가르고
솟아오르는
간절한 기도소리

개나리 노란꽃잎 샛바람에
간들간들 꽃 물을 마시고
목련꽃 하얀 나비 나풀나풀
어깨 위에 내려 앉아 호사를 누린다

겨우내 언 땅 고운 선율
여유로운 몸짓으로
언덕 모퉁이 돌아서니
초록궁전 지붕 위에
스치는 햇살바람
산천초목이 봄이로구나

오월의 꽃 / 박희자

곱게 다듬은 담장 위에 앉아
피어나는 빨간 장미꽃

인적 드문 허기진 언덕에
넝쿨째 흐드러지게 피어나는
하얗듯 연분홍 띄운 찔레꽃

산골짜기마다 지천으로
솟아오르는 몽실몽실 주렁주렁
피어나는 하얀 마을 아카시아꽃

모양 다르지만 가시가 같고
색향은 다르지만 성분 닮은 꽃

밤새워 꽃잎 모아 품고 있던 귀한 향기
아침 햇살 산들바람에
아낌없이 내어주는 욕심 없는 꽃

먼 길 돌아 길목에서
고운 꽃잎 펼쳐 스며드는
향기로운 오월의 꽃

아버지의 새벽 / 박희자

귓전에 울리는 뱃고동 소리 중중
새벽잠을 깨운다
여명의 꿈은 파도를 일으키고
아버지의 꿈도 용트림을 한다
만선의 고깃배는
바닷바람에 깃발 펄럭이고
아버지의 새벽은
어판장에서 흥정의 닻을 올린다

깊이 잠든 새벽이
바다를 흔들어 깨우고
아버지는 펄떡펄떡 뛰는
고기들을 싣고 새벽을 쫓는다
돋는 해는 파도에 붉게 물들고
아버지의 새벽은 쩌렁쩌렁
바닷바람에 닻을 올린다

희망의 사계절 / 박희자

봄에는
땅속 깊은 곳
잠자는 꽃잎 깨워
나뭇가지마다
실은 꿈을
꽃불로 올려놓고

여름에는
뜨거운 태양 아래
초록잎 만들어
곱게 맺힌 올망졸망
열매들을
영글차게 지켜내고

가을에는
높이 올라간
파란 하늘따라
여유롭고 넉넉한
마음을
한 가득 선물하고

겨울에는
바삐 달려온 길
뒤에 남겨 두고
홀연히 땅속 깊이
뿌리 내려
사랑을
꿈꾸는 영혼처럼
희망을 노래하네

박희자 시인

바닷바람이고 싶은 날도 있다 / 박희자

바다를 보며 생명으로
삼고 사는 사람은
잠들어 있던 영혼을 깨워
하늘 끝닿게 하는 수평선처럼
바닷바람이고 싶은 날도 있다.

좁은듯한 가슴을
넓은 바다 위에 얹어
끝없이 출렁이는 파도처럼
먼 곳을 휘돌아 넓혀오는
바닷바람이고 싶은 날도 있다

수정 빛 쏟아 놓은
해 맑은 날에는
깊은 해수의 정적을 끌어 올려
한 줄기 빛으로 달려오는
하얀 파도처럼 그렇게 또
바닷바람이고 싶은 날도 있다

능소화 / 박희자

스치듯 지나간 바람
한 번의 눈 맞춤으로
붉은 영혼을 훔쳐간
야속한 사랑
애달픈 주황색 치맛자락
한폭한폭 펼쳐 놓고
뜨거운 바람에 사위어 간다

억겁의 인언 꽃잎마다
애절한 등불은
어둠 속 돌담 겹겹이
골목길 밝히고
수줍은 듯 태양 닮은 빛으로
시름없이 여름날지고 있다

박희자 시인

가을 수채화 / 박희자

가을 저무는 숲길은
꽃불 피운 노을을 마시고
나뭇가지를 떠나는
빨간 낙엽들의 고공행진은
높푸른 하늘에 바람개비처럼
휘휘 돌아 돌며 비행을 한다

떨어진 낙엽들은
이리저리 몸을 뒤척이고
바스락거리는 소리에
눈멀고 귀먹은
어미의 심중에는
애틋한 그리움만 쌓인다

서산 허리에 앉은
일몰의 그림자 따라
날갯짓하며 울음 우는
산새의 파편에
산자락 시린 바람이 침묵을 한다

그대는
노래하는 새가 되고
나는
그대의 나무가 되어
가을 숲 노을빛이고 싶다

향적봉 주몽의 꿈 / 박희자

향적봉 주목이
눈 덮인 산꼭대기
고적히 서서
빨갛게 얼은 손
하늘 위에 올려놓고
서릿발 풍설에
소리 없는 날갯짓

파란 둥지 빨간 속
하얗게 될 때까지
천 년의 기다림
도도히 흐르고

하얀 꿈 고난의 밤 지나
불그레 빛나는
태양 닮은 고운 빛깔

주목의 꼿꼿한 꿈
지상에서 천상으로
천 년을 말없이 기다리네

시인 백낙은 편

♪ 시낭송 QR 코드

제 목 : 바다가 웁니다
시낭송 : 최명자

프로필

1938년 10월 24일 김천시 삼락동 306번지에서 출생
1969년 12월 7일 한국 신학대학 졸업
1971년 8월 16일 목사 임직
2012년 9월 12일 한국문학정신 시, 수필 등단
2012년 9월 12일 한국문학정신 독도시 경연대회에서 대상 수상
2012년 12월 11일 아람문학 시, 수필 부문 등단
2013년 1월 25일 대한문학세계 시, 수필 등단
2013년 11월 대한문인협회 월포의 석양으로 "이달의 작가"로 선정
2013년 12월 14일 대한문인협회로부터 "베스트셀러 작가상" 수상
2014년 6월 15일 대한문인협회 주관 한 줄 시 공모전 은상 수상
2014년 12월 20일 대한문인협회에서 한국문학 우수문학상 수상
2014년 현대시를 대표하는 명인명시 특선시인선 선정
2015년 1월 18일 대한문인협회수필분과위원회장(현)

저서
설교집 "세미한 음성" / 수필집 1집 "황야의 소리"(재판)
수필집 2집 "당신의 풀밭은 푸릅니까" / 수필집 3집 "인간 상실의 시대"
베델성서연구 보조교재, 전편, 후편
제1시집 "내 영혼의 깊은 곳에서 맑은 가락이 울려나네" / 제2시집 "씨밀레"(영원한 친구)

백낙은 시집
씨밀레

백낙은 수필
인간 상실의 시대

가을 편지 / 백낙은

가을 정취 물씬 풍기는
오솔길 따라 걷노라면
풀벌레 소리마저
시심을 일깨우는데

황금물결 굽이치는 가을 들녘
역도선수인양 감 주렁주렁
매달고 서 있는 감나무가 외로워
붉은 눈물 뚝뚝 떨어뜨린다.

옛 임 향한 못다 한 사연
담소에 뜬 파란 하늘
뭉게구름에 빨간 낙엽우표 붙여
띄워 보내는 가을 편지

갈대 인생 / 백낙은

샛강에 뿌리내리고 오순도순 모여 살면서
고라니 잠자리 되어주던 묵은 갈대숲 사이로
고고의 함성도 없이 봄비 맞아 새순 돋아나고
사명 다 한 핏기 마른 늙은 갈대는
밭은기침 콜록거리며 몸져누웠다.

글썽이던 잎들은 빗물에 녹아들고
대를 이어 근본 지키는 뿌리의 자존을 통해
수관(水管) 타고 올라 후대의 젊음 더하지만
이름도 없이 빛도 없이 사라질 운명인데
살강대는 바람 있어 외롭지 않아라.

바람 불면 부는 대로 물결치면 치는 대로
이리저리 흔들리는 지조(志操) 없는 갈대라고
시류(時流) 따라 변한다고 지탄도 받지만
어쩌면 그것이 갈대가 사는 방법인 것을
그래도 외유내강(外柔內剛)의 생각하는 갈대랍니다.

갈대는 지조 없이 외부의 자극에 쉽게 마음을 바꾸는 인간을 비유하기도 하지만,
다른 풀들과 달라 쉽게 부러지지 않는다는 특성이 강조되어 외유내강의
인간성으로 비유하기도 한다.

고향 하늘 / 백낙은

백두산 정기 받은 백두대간 곧게 벋어
낙동강 발원지 낙동정맥 이루고
내연산 끝자락 청하 골 막바지
산수(山水) 수려한 유계리 저수지에
수몰되어 사라진 초가집 서너너덧 채

수십 년 전에 출가한 노스님
사라져 간 고향 마을 뒤늦게 찾아와
외로운 비석(碑石) 하나 오도카니 세우고
굴렁쇠 굴리던 고향 추억
구구절절 야무지게도 새겨놨네.

살갑던 고향 하늘 그리워하며
열두 단 보은 탑(報恩塔)에
온갖 소원 담았건만
삐삐 풀꽃만 무심히 살강대고
앞산 뻐꾸기 섧게도 울어 예네.

대한불교조계종 제32대 총무원장 지관스님의 고향이 포항시 청하면 유계리다.
오도카니 : 우두커니의 작은 표현 / 살강대고 : 살강거리다.
굴렁쇠 : 막대기를 손에 쥐고 굴리는 자전거 바퀴. / 울어 예네 : 울며 가네.

구름 / 백낙은

가지 말라고
애원했건만
바람 손짓에도
정처 없이 길 떠나는 방랑자.

변치 말자고
손가락도 걸었는데
기러기 날갯짓에도
일그러지는 변절자의 얼굴.

함께 가자 속삭였는데
내 속 까맣게 태워놓고
푸른 산 고개 넘어 두둥실
제 갈 길 가버리는 야속한 당신.

누구를 찾아
온 세상 두리번거리나
먼 옛날 당신도 나처럼
정든 임 잃어 버렸나 보군.

나무이고 싶다. / 백낙은

고독의 짙은 그림자 드리운 채
타박타박 외로운 나그넷길
40여 년의 고달픈 여정 벗어나
물 맑고 빛 고운 청하에 뿌리 내렸다.

나 이제 한 그루 나무고 싶다.
두 손 두 팔 하늘 향하여 쳐들고
오관은 살랑살랑 바람 일구어
맘껏 몸 흔들며 노래하는 나무이고 싶다.

카멜레온 같은 배신 변절 야합 거처
하루에도 열두 번씩 안색 바꿔도
푸르고 푸른 사랑 고이 지닌 채
이 생명 다하도록 서 있는 나무이고 싶다.

낮에는 숨 막히는 공해 빨아들이고
밤에는 시(詩)란 산소(酸素) 뿜어내며
언젠가 동지들 만나 숲 이루어
이 세상 정화시켜 나가는 나무이고 싶다.

낙타의 비애 / 백낙은

온갖 고뇌의 등짐
올망졸망 꾸려지고
타박타박 걸어온 여정
광풍이라도 부는 날이면
조용히 두 눈 감고
두고 온 고향 하늘 그려봅니다.

하늘 우러러 고개 높이 쳐들고
간절한 기원 해보지만
끝없이 펼쳐진 모래 바다
달아오르는 열기에
밤마다 긴 한숨 쉬며
눈물로 별을 헤아립니다.

어쩌다 메르스 기주가 되었지만
거추장스러웠던 그 혹에서
아련한 추억 한 줌 꺼내어
야금야금 되새김질하며
하늘 향한 합장으로, 오늘도
황량한 이 모래벌판을 걷는답니다.

메르스 : 중동 호흡기증후군
기주(寄主) : 기생 생물이 기생하는 대상으로 삼는 생물. 숙주(宿主)

둥지 / 백낙은

나지막한 등성이 소나무 위에
나뭇가지 물어다가 둥지 틀고
알 낳아 애지중지 새끼 기르는
해오라기 부부가 애처롭다.

산골 다랑이 논두렁에 서서
모가지 길게 빼고 두리번두리번
긴 기다림 끝에 개구리 쪼아 물고
아가들 생각에 힘겨운 날갯짓이다.

새끼들 뱃속에 거지가 들었는지
어미를 볼 때마다 입을 벌리니
하루에도 수십 번씩 토혈의 고통
입에서 입으로 생명줄을 잇는다.

강산이 몇 번이나 변하도록
우리 어메 가슴팍에 깃털을 뽑고
살찜 뜯어 우리 사형제 기르신
은중태산(恩重泰山) 생각사록 눈물이 난다.

해오라기 : 백로(白鷺) / 어매 : 어머니의 방언.

바다가 웁니다. / 백낙은

임 찾아와 품에 안길 때는
젓가락 장단에 어깨춤 췄는데

서러움도 회한도 미련(未練)까지
한 아름씩 쏟아놓고 떠나버린
텅 빈 백사장엔 껍데기만 쌓여
구슬픈 포말 뿜어 대며
긴긴밤 눈물로 지샌답니다.

갈매기도 잠이 들고
등댓불도 졸고 있는 밤.

고고한 달님마저 바다에 빠져
흐느적흐느적 몸부림치면
더는 견디지 못하고
애꿎은 뱃전 두드리며
훌쩍훌쩍 바다가 웁니다.

바다이고 싶다. / 백낙은

아무리 보고 또 보아도
싫지 않은 저 바다이고 싶다.
하늘과의 한계를 알고
나설 때와 물러설 때를 알며
다소곳이 품어주는 바다이고 싶다.

강물이 아무리 흘러들어도
모두 받아 주는 포용력
그러고도 변치 않는 바다
갈라놓으려 해도 하나 되는
푸르고 푸른 바다이고 싶다.

아귀다툼하는
밴댕이 속 같은 세상
사랑이 무엇인가를, 그리고
어떻게 하는 것인가를 알려주고
하늘도 감싸는 넓은 바다이고 싶다.

임이여! 가을입니다. / 백낙은

임이여!
가을입니다.
남들은 이 가을이
아름답다지만
내게는 슬픈 계절이외다.

인생의 봄날
그때 그대와 나
완연한 춘색(春色)이었는데
세월 풍(歲月 風) 하도 매워
추색(秋色)이기 때문입니다.

서리 맞아 동색(冬色) 되어
봄, 여름 그 길고 긴 날
고락을 같이한 아람들
속절없이 떠나보내야 하는
이별의 계절이기 때문이외다.

시인 **서미영** 편

♣ 목차

♪ 시낭송 QR 코드
제 목 : 그날
시낭송 : 박태임

프로필

전남 고흥 출생
핸드폰 판매점 운영
대한문학세계 시 부문 등단
(사)창작문학예술인협의회 정회원
대한문인협회 경기지회 정회원
문학愛정회원
2015 (사)창작문학예술인협의회 "순 우리말 글짓기 대회" 동상 수상
저서 문학愛(3집) "초록이 가을 만나다"

313

저 달이 슬프다 / 서미영

바람이 노점 파라솔에 걸터앉아
이리 뒹굴 저리 뒹굴 햇볕을 쬐는 동안
파라솔 그늘 밑으로 기어들어가 졸던 봄날

밤새 잠도 안자고 내렸던 부슬비는
보도블록 틈새를 비집고 묵은 김치처럼 포개져
흙먼지를 삭이듯 젖은 가슴을 떨고 있었다

시간이 지나면 아물 것이라 했던가
무겁게 가라앉은 그리움을 씻을 양으로
온몸을 내던졌을 그 애달픔이 아까워서 어쩌나

바다 위에 꽃씨를 던져놓고 봄을 기다렸을까
꽃도 돈 들여 옮겨놓는 도시의 화단을 삼키고
파랗게 펄럭이는 파도가 봄을 끌어안았구나

구름을 엮어서 내 어깨 위에 날개를 달고
첫걸음을 걷는 아기의 그 작은 세상을 지나서
어떤 세상으로 떠나야 그대를 품고 살아갈 것인가

도시의 밤이 오면 접힌 파라솔 끝에 바람이 접히고
고단한 장사꾼의 눈빛 속으로 어둠이 내릴 테지
봄을 삼킨 바다 위를 꽃 찾아 헤매는 저 달이 슬프다

칠월의 창밖에는 / 서미영

실 빗으로 가지런히 구름의 머리를 빗어 넘기고
가르마 사이로 길을 내고 칠월이 사뿐히 온다

텅 빈 꽃대 위에 수줍게 앉은 달리아를 밟고서
하얀 나비는 말아논 꽃잎 위에 지친 날개를 널고

담장에 엎드려 숨소리도 익히는 햇볕을 주워먹는
능소화의 야무진 주홍 입술만 바람에 출렁인다

님인 양 파랗게 시린 눈빛을 곱게도 물들여서
칠월의 하늘은 푸석한 도시를 가슴으로 안았고

에어컨 시래기에는 하루 종일 우리네 외로움이
뿌연 먼지와 섞여서 눈물처럼 흘러나오고 있었다

가진 자의 손가락처럼 여인들의 짧은 치마를 흔들고
바람은 제 재주에 흥겨워 혼자 콧노래를 부르는데

칠월의 창밖에는 허수아비처럼 남의 옷을 차려입고
남의 인생을 채우는 사람들이 바람을 지고 지나간다

그날 / 서미영

딱딱하게 굳어진 물감 덩어리를
찬물에 던져놓고 그리움의 길을 내어
엉켜진 실타래 모양으로 번지고 있는
물결을 좇아 그날로 나는 돌아가고 있다

온종일 짐 나른 어깨처럼 펴지지도 않는
내 존재감같이 구겨진 내가 사랑했던 그날
고단한 하루를 버티고 돌아온 일꾼들의 소주 한 잔처럼
먼지 묻어난 술잔 속에 부어진 것이 소주뿐일 것인가

첨벙이는 내 발자국 소리에 멈춰버린 그날
엷은 설렘 같은 눈빛을 하고 떠나간 너는 무엇인가
팔월 더위에 푸석 거리던 하늘처럼
바람도 숨 가쁜 기침을 하며 그날을 버렸을 것이다

빨지 않고 버려진 걸레처럼 찌든 내 그리움의 그날
특별할 것 없던 우리들의 그날 그 이별이란 게
서러울 것도 없이 먼지 인양 툭툭 털어버리고 나서는
나 혼자서 괜스레 가슴앓이를 하고 있는 것일까

해바라기 / 서미영

올해도 언덕길 한쪽에 허리를 길게 세우고
해바라기 두 대가 나란히 얼굴을 들고 서있다
같이 자랐을 텐데 하나는 한 걸음 떨어져서
한 치 작은 어깨를 세우고 하늘을 보고 있었다

텃밭을 일궈놓은 한쪽에 울타리를 세우듯
쑥 쑥 찔러놓은 발가락 끝이 내 발 인양 간지럽다
배추 거름을 뿌려놓은 자리에 발을 걸쳤을까
뚝뚝해진 꽃대는 거센 바람도 밀어내고 섰더라

손을 뻗어 그 도톰한 얼굴을 흔들고 싶었지만
내 키도 작고 고놈의 성질도 만만치 않겠더라
연둣빛 꽃대에 검버섯이 가지를 틀어잡더니
오늘 아침 길에는 고개를 푹 떨구고 서있었다

발걸음을 고놈 곁에 한 걸음 다가가 걸어갔다
누구도 눈치 못 채게 솜털 깔아진 잎사귀 위에
내 손바닥을 겹쳐 얹고 내 심장소리를 들려주고
애틋한 내 마음을 챙겨서 숙여진 너를 안는다

너의 한 세상이 저 태양을 품고 온몸을 태웠을까
노랑꽃이 바스러지고 까만 열매를 꽃처럼 채워
가을 햇살에 널고 하얗게 연모의 정을 뿌렸을까
저녁 해가 좁은 골목길을 비집고 울며 지나더라

비익조 (比翼鳥) / 서미영

그날은 별들이 쏟아져
세상이 하얗게 물이 들었고

다음날은 꽃들이 피어나
그 향기로 하늘을 다 채웠다

바람이 그대를 데려가던 날
내 한쪽 날개를 그대 어깨 위에 달았고

바람에 떨어진 그대 한쪽 눈을 주웠기에
내 눈을 버리고 그대 눈을 그려 넣었다

세상 위에 깔려있던 별들을
밤마다 하나씩 하늘로 돌려보내본다

하늘을 채워놓은 꽃향기들을
뚝뚝 조각내어 땅속 깊이 묻어본다

그러면 바람이 그대를 내게 보내줄까
꿈처럼 그대를 만날 수 있다면

그대가 나이기에 내 남은 날개를
그대에게 내어주고 그대만 품으리라

마지막이라도 그대를 볼 수 있다면
내 세상도 그대가 보고 살면 더 좋으리라

그냥 외로운 날 / 서미영

전봇대 바닥에 저녁 해가 물들고 비둘기 두 마리가
쓰레기 치운 자리에 움튼 부스러기로 허기를 달랜다

비가 오려나 하늘은 숨찬 얼굴에 하얀 분칠을 하고
구름은 까아만 눈썹을 바삐 고치느라 얼룩이 졌다

외로운 하루를 살아내는 게 어찌 이리 버거운 것인지
또 내 식구들의 한숨은 내 짐이 아닌데도 숨이 차다

점심이야 배가 고프지 않아도 먹어두는 게 낫지
장사치들의 일수 같은 빗진 하루가 거울에 박히고

내 어깨 위로 수년을 무수히 찍힌 일수 도장들이
날짜가 겹쳐진 채로 그물처럼 엮여서 번져온다

장맛비가 하루 종일 내리면 손님들도 나오겠어
괜스레 옆집 주인은 팔짱을 끼고서 바람을 찬다

서미영 시인

빗속에 띄우는 종이배 / 서미영

비가 오는 날이면
가슴 한쪽에 붙여놓은
사랑을 한 장 뜯어내어
종이배 하나를 띄웁니다

금세 빗물을 가득 채운 배가
먼지 두른 바닥에 닻을 내리고
비가 오면 먼저 나와 우산을
내어주던 그대를 기다립니다

울어서 그대를 잊을 수 있는 날
시간을 버려서 그대 얼굴을
내 가슴에서 지워낼 수 있는 날
빗속에 종이배는 거둬내야겠지요

그대 사랑을 뜯어낸 자리에
한나절을 비에 젖은 종이배를 가져다가
그리워한 만큼 젖었을
내 아린 상처를 곱게 펴 말립니다

가을을 호떡처럼 굽는다 / 서미영

가을비를 밟고서 심한 몸살을 앓고 있는 듯
마른 기침처럼 억지로 꾸역꾸역 뱉어진 오후
오늘도 봉지커피 한 잔을 하루 종일 비우고 있다

한겨울 추위를 깔아놓을 철판 위에 기름을 두르고
밀가루 반죽을 한 덩어리 뚝 떠서 설탕을 들이고
빨간 앞치마를 두른 총각이 가을을 호떡처럼 굽는다

내게 던져주던 낯설고 조금은 어색하던 인사말들
끊어내지 못한 외로움을 허리춤에 묶고 다니다
해맑게 웃으며 호떡 위에 덤으로 얹어 담고 있다

오늘은 빨간 노점 천막이 비에 젖어서 푹 누웠으랴
기름 위를 낙엽처럼 흘러 다니는 동그란 호떡 속에서
뜨겁게 녹아내린 흑 설탕을 끌어안고 가을이 간다

하얀 눈처럼 수북하던 반죽 통이 바닥을 보이고
하루 종일 기름 냄새에 취한 심장이 비틀거리면
마지막 떠내는 반죽 속에 얇게 저민 청춘을 접는다

서미영 시인

그리움을 뒤적이다 / 서미영

새벽일 나가던 일꾼이 툭 밀쳐놓은
쓰러진 바람을 지끈 허리에 두르고
봄비야 아침부터 참 부산스럽더라

좁은 언덕길 모퉁이 담벼락에 기댄
빨간 김장 통속에서 엉킨 머리를 풀고
심장을 꺼내 하얀 비녀를 빚고 있는

옥잠화는 눈도 못 뜬 채 제 입을 틀어막고
빗물 한 술로 불어 튼 발꿈치를 세우고
지금쯤 빠른 태동을 하고 있을 거다

빗소리에 잠을 깬 꽃잎들이 상처 난 그리움을
하나씩 품고 내 가슴을 너의 입술 되어 덮으면
묵은 된장처럼 그리움을 떠내어 뒤적여 본다

가을비는 친구의 이름 같다 / 서미영

낮부터 도시를 하얗게 적시던 빗물이
보도블록이 살짝 눌린 자리에 고여 있고
빗방울은 소금쟁이처럼 톡톡 뛰어다닌다

반 고구마 쪄 놓은 것처럼 복실거렸던
가을 하늘은 식어버린 팥죽처럼 덩어리져
안 나오는 눈물 짜내듯 비를 뿌리고 있었다

오늘은 연락 없는 친구 생각을 하며 비를 본다
볏짚에 제 몸같이 스며든 검은 곰팡이처럼
내 가슴 한편을 끌어안고 있는 네가 보고 싶다

하루 종일 들고 다니는 스마트폰을 앞에 두고
연락처에 선명하게 쓰인 너의 이름을 찾아서
눌러보고 다시 돌려놓고 커피잔을 들었다

살다 보면은 핑계가 필요할 때도 있지 않을까
사랑타령도 실컷 하고 남편 욕도 편하게 하던
가을비처럼 네가 내 가슴 위에 내려앉는구나

어떤 영웅들처럼 멋지게 사연을 만들어야 할까
풀잎처럼 오늘 비를 같이 맞을 수 있으면 됐지
세상의 거짓말로 네게 대답해주고 싶진 않았다

시인 서수정 편

♪ 시낭송 QR 코드
제 목 : 만추
시낭송 : 최연수

시 <가을 愛> 중에서

푸른 하늘처럼 투명하게
붉어진 단풍처럼 뜨겁게
가슴 절절한 사랑을 하고 싶다

화려하진 않지만 수수한
가을 국화보다 진한 향기로
사랑의 유혹을 하고 싶다

잠자리 / 서수정

파란 하늘빛 고운 꿈
가득 품고 날아라

하일(夏日)에 피워내던
애시적 수많은 꿈들

너의 가비야운 날개에 실어
하늘 높이 띄워 보내리

두둥실 떠가는 섬운(纖雲)
작은 너의 날갯짓에 놀라고

바람이 몰고 온 그림자
창극(蒼極)에 그림을 그린다

하일(夏日)의 뜨거운 뙤약볕은
용서 없이 내리쬐지만

추일(秋日)의 당태구름은
너의 쉴 자리 마련한다

하일(夏日) : 여름날 / 애시적 : 어린 시절 / 섬운(纖雲) : 잔 구름
창극(蒼極) :지평선이나 수평선 위로 보이는 무한대의 넓은 공간
추일(秋日) : 가을날 / 당태구름 : 당태솜같은 모양의 뭉게구름

백련화(白徠花) / 서수정

전생에 무슨 업죄로
질땅에 뿌리내려
박꽃 같은 하얀 이 내보이고

뿌리에 구멍 송송 뚫어
더러움 씻어내 진리를 베풀고
깨끗한 마음의 꽃대 올리는가

자비로움으로 속죄 하고
맑고 청아한 연꽃으로
세상을 정화 시키리니

심장에 알알이 박힌
꽃잎이 두고 간사랑
천상(天上)에서나 만날까

백련지 가득한 흔적
연꽃 속에 소원 담고
극락정토(極樂淨土) 꿈을 꾸고

해해연년 고결하게
백련화로 피어나
세상에 경앙(敬仰) 받으리라

질땅 : 질흙으로 된 땅 / 해해연년:해마다거듭 / 경앙(敬仰):공경하여 우러러 봄
극락정토(極樂淨土) : 아미타불이 살고 있는 정토로,
　　　　　　　　　괴로움이 없으며 지극히 안락하고 자유로운 세상

가을 愛 / 서수정

푸른 하늘처럼 투명하게
붉어진 단풍처럼 뜨겁게
가슴 절절한 사랑을 하고 싶다

화려하진 않지만 수수한
가을 국화보다 진한 향기로
사랑의 유혹을 하고 싶다

秋日 새벽 맺힌 이슬처럼
설레임 가득한 가슴을 열고
피 끓는 심장을 보이고 싶다

가을 愛

고슬리(가을에) / 서수정

금추(金秋)에 바람 부니
담장 옆 감나무 주홍빛 물들고

가을볕에 뒷산 골짜기
단풍은 홍엽(紅葉)이 되었다

서풍이 불어와 가로수 흔들면
황변을 후두둑 떨구는 늦가을

파란 하늘 뭉게구름도
만추(晚秋)에 기뻐 춤을 추고

풍성하게 무르익은 가을 녘
자진육자배기 한 자락에 흥겹다

하늘빛 물빛 / 서수정

단풍도 때를 아는지
붉어진 잎을 떨구어
바닥을 덮어 버리고
만추에 높아진 하늘은
푸름을 감추려 구름으로
자신을 감추려 한다

호수에 비친 하늘은
물빛인시 하늘빛인지
네가 나이고 내가 너 이 듯
서로 하나가 된다

이제 가을은 잎을 버리고
겨울을 맞이할 준비를 하고
겨울인 듯한 가을인
하늘빛 물빛 공원엔
참나무의 그윽한 연기가 자욱하다.

서수정 시인

만추(滿秋) / 서수정

가을이 익어간다
수수밭에 수수가 빨갛게
새색시 첫날밤을 치르듯이

가을이 익어간다
감나무의 감이 주홍빛으로
갓난아기 토실한 엉덩이같이

가을이 익어간다
산 계곡 따라 단풍잎이 빨갛게
길가의 늘어선 은행잎이 노랗게

열심히 살아온 세월에 보상하듯
열매를 맺고 잎을 떨구며
가을은 그렇게 서서히 익어간다

명사십리의 가을 / 서수정

여름날의 뜨거운 청춘들
머물다 간 자리는 흔적도 없고
나뭇잎 하나 悲風에 날아온다

이젠 빛바랜 황혼만이
잔잔해진 파도와 동행하며
길고 긴 이별을 준비한다

언제가 청춘이었는지
어느새 익어버린 나의 인생
십 리 길 고운 모래에 내려놓고 싶다

늦가을 저녁 해는 서쪽으로
붉은 꼬리를 늘어뜨리며
어둠을 향해 뉘엿뉘엿 넘어가고
그 어둠 속으로 나도 따라간다

서수정 시인

항로(航路) / 서수정

섬과 섬 사이
석양이 가는 곳

그곳엔 보이지 않는 항로(航路)
그리움 속으로 가는 길이 있다

뿌우웅 바아앙
뱃고동 울리며

해가 지는 바다 끝으로
서서히 사라지는 배

넓은 바다 한가운데에서도
절대로 길을 잃지 않는다

가야 할 목표가 있는 배는
노을 속으로 유유자적 한다

태풍 / 서수정

검은 구름과 맞닿은 바다는
먹빛 물결이 출렁거리고
닻을 내려 발목 잡힌 배들은
며칠째 발만 동동거린다

어부들의 탄식소리
먼 바다로 메아리치면
뱃고동 울리고 싶은 배
항구에 하얀 포말 뿌린다

태풍 따라 먼 길온 구름아
이제 그만 돌아 가렴아
어부들의 붙어버린 등가죽에
고깃배들 몸부림 좀 보렴

해걸음 불어오는 서풍에
구름아 나 살려라 달아나고
삐죽이 고갤 내민 햇살에
항구는 또다시 살아난다

야화 / 서수정

태양이 서쪽 바닷속으로
조용히 스며드는 날
바다는 여름을 꿈꾼다

별빛 하나둘 떠오르고
하얀 달빛이 바닷물에 일렁이면
오색의 불빛들이 켜진다

눈앞에 펼쳐진 조명은
그리움 한 조각 밤바다에 띄워
한밤의 축제를 시작한다

가마꾼(肩輿歎)

정약용

人知坐輿樂 사람들 가마 타는 즐거움은 알아도
不識肩輿苦 가마 메는 괴로움은 모르고 있네.
肩輿山峻阪 가마 메고 험한 산길 오를 때면,
捷若蹄山　 빠르기가 산 타는 노루와 같고
肩輿不懸　 가마 메고 비탈길 내려올 때면,
沛如歸笠　 우리로 돌아가는 염소처럼 재빠르네.
肩輿超　　 가마 메고 깊은 골짜기 건너갈 때면,
松鼠行且舞 다람쥐도 덩달아 같이 춤추네.
側石微低肩 바위 옆을 지날 때에는 어깨 낮추고,
窄徑敏交服 오솔길 지날 때에는 종종걸음 걸어가네.
絶壁　　潭 검푸른 저수지 절벽에서 내려다볼 때는,
駭魄散不聚 놀라서 혼이 나가 아찔하기만 하네.
快走同履坦 평지를 밟듯이 날쌔게 달려
耳嗫生風雨 귀에서 바람 소리 쌩쌩 난다네.
所以游此山 이 산에 유람하는 까닭인즉슨
此樂必先數 이 즐거움 맨 먼저 손꼽기 때문
紆回得官帖 근근히 관첩(官帖)을 얻어만 와도
役屬遵遺矩 역속(役屬)들은 법대로 모셔야 하는데
　爾乘傳赴 하물며 말타고 행차하는 한림(翰林)에게
翰林疇敢侮 누가 감히 못 하겠다 거절하리오.
領吏操鞭　 고을 아전은 채찍 들고 감독을 맡고,
首僧整編部 수승(首僧)은 격식 차려 맞을 준비하네.
迎候不差限 높은 분 영접에 기한을 어길쏘냐,
肅恭行接武 엄숙한 행렬이 끝없이 이어지네.
喘息雜湍瀑 가마꾼 숨소리 폭포 소리에 뒤섞이고
　漿徹檻褸 해진 옷에 땀이 베어 속속들이 젖어 가네
度虧旁者落 외진 모퉁이 지날 때 옆엣놈 뒤처지고,
陟險前者　 험한 곳 오를 때엔 앞엣놈 허리 숙여야 하네.
壓繩肩有瘢 밧줄에 눌리어 어깨에 자국 나고,
觸石　未　 돌에 채여 부르튼 발 미쳐 낫지 못하네.

335

정약용 시인

自痔以寧人 자기는 병들면서 남을 편케 해 주니,
職與驢馬伍 하는 일 당나귀와 다를 바 하나 없네.
爾我本同胞 너나 나나 본래는 똑같은 동포이고,
洪勻受乾父 한 하늘 부모삼아 다 같이 생겼는데,
汝愚甘此卑 너희들 어리석어 이런 천대 감수하니,
吾寧不愧憮 내 어찌 부끄럽고 안타깝지 않을쏘냐.
吾無德及汝 나의 덕이 너에게 미친 것 없었는데,
爾惠胡獨取 내 어찌 너의 은혜 혼자 받으리.
兄長不憐弟 형이 아우를 사랑치 않으니,
慈衰無乃怒 자애로운 어버이 노하지 않겠는가.
僧輩栖　矣 중들은 그래도 나은 편이요.
哀彼嶺下戶 영하호(嶺下戶) 백성들은 가련하고나.
巨　雙馬轎 큰 깃대 앞세우고 쌍마(雙馬) 수레 타고 오니,
服　傾村塢 촌마을 사람들 모조리 동원하네.
被驅如太鷄 닭처럼 개처럼 내몰고 부리면서,
聲吼甚豺虎 소리치고 꾸중하기 범보다 더 심하네.
乘人古有戒 예로부터 가마 타는 자 지킬 계율 있었는데,
此道棄如土 지금은 이 계율 흙같이 버려졌네.
耘者棄其鋤 밭 갈다가 징발되면 호미 내던지고
飯者哺以吐 밥 먹다가 징발되면 먹던 음식 뱉어야 해.
無辜遭嗔　 죄 없이 욕 먹고 꾸중 들으며,
萬死唯首俯 일만 번 죽어도 머리는 조아려야.
　　旣踰艱 병들고 지쳐서 험한 고비 넘기면,
噫　始贖擄 그 때야 비로소 포로 신세 면하지만,
浩然揚傘去 사또는 일산(日傘) 쓰고 호연(浩然)히 가 버릴 뿐,
片言無慰撫 한 마디 위로의 말 남기지 않네.
力盡近其畝 기진 맥진하여 논밭으로 돌아오면
呻　命如縷 지친 몸 신음 소리 실낱 같은 목숨이네.
欲作肩輿圖 이 가마 메는 그림 그려
歸而獻明主 임금님께 돌아가서 바치고 싶네.

시인 **성경자** 편

♣ 목차

♪ **시낭송** QR 코드
제 목 : **햇살 눈부신 날**
시낭송 : 김지원

시 <내 마음도 청춘이더라> 중에서

꽃바람이 불던 날
흔들리는 것이
청춘뿐이더냐

봄 향기 풍기던 날
어디로 떠나고 싶은 마음
청춘뿐이더냐

추억의 그리움을 보내며 / 성경자

옷깃을 파고드는
새벽 공기를 헤치며
북한산 도선사로 향한다

오가는 사람의
발걸음은 천근만근
어제의 잔상이 남은 탓일까

아직 어두운 거리
가로등에 의지한 걸음은
점점 땅으로 주저앉는다

사람 속에 휩싸여
소중한 추억을 묻어두기 위해
나는 도선사로 발길을 재촉한다.

그건 사랑이야 / 성경자

바람따라
소리 없이 흔들리는 건
흰 눈만이 아닌가 봐

솜사탕처럼
달콤한 내 사랑도
마음마저 흔들린다

차곡차곡
가슴에 쌓아놓은
그대와의 추억

달콤한 포도주 한잔에
서로의 입맞춤으로
그대 사랑을 마신다.

내 마음도 청춘이더라 / 성경자

꽃바람이 불던 날
흔들리는 것이
청춘뿐이더냐

봄 향기 풍기던 날
어디로 떠나고 싶은 마음
청춘뿐이더냐

소리 없이 다가오는
사랑의 향기에 물드는 마음
나는 청춘이 되고 싶다

곱던 나의 육신
어느새 굴곡이 찾아와
내 마음도 청춘이 되고 싶어라.

오늘은 오일장에 간다. / 성경자

푸성귀 가득한 오 일 장터
할머니가 다듬던 앞치마에
하얀 도라지 소복 쌓여 있고
애호박 몇 개 앙증맞게 놓였다.

목소리 큰 생선장수도 있고
빨간 물고추가 눈에 보인다
이왕에 나선 김에 김장대비
고추 15근 사다 옥상에 말릴까.

김 오르는 천막의 장터 국밥집
장터 상인들 점심때 인가보다
배고프던 참에 순대 몇 줄 썰어
사람 냄새나는 국밥 먹고 가야지

햇살 눈부신 날 / 성경자

하루가 한 달처럼 긴 여름
햇살이 사방으로 뻗칠 때면
굽은 허리를 팔로 지탱하며
늙은 지아비 텃밭으로 향한다

거칠고 메마른 손바닥 위에
뜨거운 햇살에 야무지게 익은
풋고추와 상추가 수북이 쌓이면
뜨거운 열기도 잠시 숨을 고른다

한 점 흩날리는 구름 사이로
오늘도 삶의 애환이 서린
수많은 세월을 곱씹으면
그렇게 또 하루가 지나간다.

당신은 나의 운명 / 성경자

당신을 마음에 품은 세월
모든 것 내어 드리고 싶은
뜨거운 열정이 숨쉬기에
늘 행복 가득히 다가옵니다.

느끼는 당신을 향한 감정
내가 걸어온 거친 삶 속에
당신의 온화한 밝은 미소
등대 불빛 같은 운명입니다.

세월에 패인 마음 흔적에
그대 사랑 머물다 갈 때면
저만치 하얀 겨울 너머로
당신 모습만 아롱져 옵니다

가을비 오는 날에 / 성경자

감나무 잎 사이로 흐르는
시린 가슴에 뜨거운 눈물은
가을비 타고 한없이 흘러내린다

찌든 마음과 멍든 가슴을
가을비로 예쁘게 몸단장하고
처연히 들꽃으로 피어나고 싶다

들길에 허수아비 옷깃 적시는
가을비에 흔들리는 들꽃처럼
풀벌레 울음소리에 가을이 온다

초가을의 문턱 너머 저만치
그리운 그대 오시는 길목에서
들꽃 향기 가슴에 안고 기다릴게요

9월의 달빛 / 성경자

가슴에 담아온
응어리진 사연 담아
합장을 하며 고개 숙인다

그 많은 소원
묵묵히 담아 만삭이
되어버린 달이 안쓰럽다

가지에 걸터앉아
세상만사 바라보는 얼굴에
세월의 잔주름만 늘어간다

달이 중천에 떠오르면
아쉬움 걸쳐두고 발길 돌리는
내 그림자 옛 추억에 스민다.

가을날의 자화상 / 성경자

가을비 내리는 거리에
갈바람은 맴돌아 날고
잔잔한 내 마음 뜨락에
낙엽이 하나둘 흩어집니다

빛바랜 낡은 우산 위엔
잊힌 추억들이 살며시
기억 저편에 내려앉으면
가을은 유랑의 길 떠나겠지요

차라리 두 손을 흔들며
떠나는 가을 배웅하지만
등 보이는 이별이 서러워
두 눈에 이슬만 흘러내립니다.

어디로 가야 하나 / 성경자

챗바퀴 돌듯 억 겁의 세월
털어 내지 못한 많은 삶에
잔상들이 목 놓아 흐느낍니다

스쳐 간 많은 날의 눈물이
가슴에 타고 남은 재가 되어
이제는 아픔도 무뎌져만 갑니다

가슴 아파지는 추억 저편에
내 마음에 너를 묻을 수 있다면
지는 낙엽 보며 울지 않았겠지요

길 나서면 오라는 곳은 없어도
어디론가 한없이 떠나고 싶은데
갈 길 몰라 이정표 앞에서 서성입니다

시인 **안정순** 편

🎵 **시낭송** QR 코드
제 목 : 빈 지게
시낭송 : 박영애

프로필

충남 부여 거주
2013년 대한문학세계 시 부문 등단
(사)창작문학예술인협의회 정회원
대한문인협회 대전충청지회 정회원
금주의 시 다수 선정
전국시화전시회 3회 출품
명인명시 특선시인선 선정 (2014, 2015, 2016년)
2015년 전국 한줄시 공모전 대상 수상

운무의 향연 / 안정순

광활한 천지
태산을 휘감아 오르는
저 여유로운 숨결

한 치의 부정도
범접치 못할
장엄한 침묵으로

욕망과 번뇌
살살이 풀어헤치며
태산을 밟고 당당히 오른다

둥 둥 둥 어디선가 울려오는
허물을 벗고 나는 새 한 마리
무채색 향연에 박차를 가하고

이 몸도 이미 내 것이 아닌 것
이 땅에 올 때도 그러하듯
가는 길 부질없는 빈손인 것을

동이 트기 전
구석구석 보시의 마음
샅샅이 거두며.

향수에 젖어 / 안정순

서산마루 태산을 이끌어
하루의 허물을 말끔히 벗어 던지고
이 백 여섯 뼈마디 풀어헤치며
민 나신은 바다 위에 눕는다

아득한 기억 저편 초점을 맞추고
어김없이 다다르는 그리움
하늘만 덩그렁한 동네 한 바퀴를 돌아
잣나무 숲 우거진 뒷동산에 오르면

구슬픈 매미 소리에 세월을 달래 보내고
풀숲 개울가 소를 뜯기면
조막손에 몸을 맡긴 왕눈이 고맙다는 듯
긴 꼬리를 흔들며 들창코를 벌름거린다

송사리 떼 노닐던 맑은 시냇가
올올이 묶은 시름 체에 거르면
조금은 가벼워진 날개
버섯구름 사뿐히 몸을 싣고서

그리움 향기에 포말 되어
잔잔한 파도를 느끼며
사각사각 솔바람 소리 자장가 삼아
엄마 품에 스르르 꽃잠이 든다.

빛바랜 사진 / 안정순

젊어 고생은 사서도 한다고
목을 매가며 매달려 넓은 들 한가운데
한 섬지기하고도 닷 마지기 이름을 새기고

샛별 보며 나선 걸음은
어둑한 길 하얀 달빛 배웅을 받으며
천 근 만 근 녹초 된 몸집으로 이끌면서

긴 하루 엄마 품이 그리워
기다리고 있을 아이들을 떠올리며
마음은 집을 향해 줄달음치고

힘에 부친 삭신은 빨간 선혈로
백기를 들던 날도 부지기수
십 년이란 이정표를 세우고
무던히도 발버둥 치던 날

추적추적 내리는 비
구릿빛 얼굴에 하얀 이를 드러내며 웃고 있는
빛바랜 사진 속 다섯 얼굴
눈물을 글썽이며 두 팔을 벌려 내민다
그 시간이 그리 헛되진 않았다고!

호박꽃 / 안정순

생명을 잉태한 몸
하늘을 우러르며
새벽이슬에 몸을 씻고

초가지붕에 앉은
아침 햇살의 넉넉함으로
부족한 삶의 테두리 두루두루 채우며

입가에 머금은 온화한 미소는
모태의 성스런 향기처럼
생명을 품은 태교의 몸짓이리

푸름이 다하여
만삭의 들녘이 고개를 숙이듯
구름에 달 가듯 세월에 수긍하며
바람에 흩어진 옷자락 정갈히 여미며

고귀한 숨결 오롯이 맥을 이어
겸손으로 아우르며 살아가기를 소원하는
어머니의 그 어머니처럼
그렇게 그렇게 한 생이 저물어 간다.

진눈깨비 / 안정순

오락가락 진눈깨비에
어설픈 하루가
뉘엿뉘엿 서산을 향하고

남새 죽으로 끼니를 때우며
오순도순 화롯불에 둘러앉아
헤진 버선코를 깁던 어스름 저녁

숭숭한 문틈 사이
식솔들의 구순한 정담은
희미한 불빛 따라 웃음꽃을 피워내건만

끊어진 연실처럼
둥지를 잃고 떠도는
애설픈 영혼의 하얀 그림자

온기 가득한 초가지붕 아래
혹여 인정에 녹아지려나
살포시 기대어본다.

사랑이여! / 안정순

안개가 자욱한 아침
옷깃에 스며드는 이슬처럼
갈잎에 남기고 간 그대 숨결
그대를 느껴 봅니다

하늘빛 진한
그대 향한 그리움
산 골골이 무지갯빛으로 짙어
한 잎 두 잎 떨어지고

그리움에 물든 가슴
소슬바람 훑고 지나면
그대 그리운 난
어찌하나요?

사랑이여!
금빛처럼 부서진 가을 햇살이
그대 앞에
우수수 낙엽 되어 흩날리면

그댈 부르는
내 손짓이란 걸
정녕 그대는 아시는지요!

불면(不眠) / 안정순

야심한 이 밤 살금살금
천장에 대롱대롱 매달려 있기도 하다
숨죽이며 가만히 벽에 붙어 있기도 하다

단잠을 깨우는 이 누구인고
곳곳에 밤이면 밤마다
달갑지 않은 너의 방문에
고충이 하늘을 찌르건만
보쌈을 헤가도 모를 야밤
돌을 던지며 뜸 배질을 하느냐

나야
이 밤 가끔 네가 찾아오면
못 이룬 사랑에 고맙기 그지없다만

외로움이 온 밤을 생떼 써도
엎치락뒤치락 헛기침 날리는 곳에서는
함부로 기척도 마라
날카로운 서슬에 몸이 성치 않을 테니

알콩달콩 신혼의 단밤이면 모를까
네가 올까 모진 밤이 되면
철통같은 빗장을 걸어두고서
홍두깨를 손에 들고 날밤을 새운다.

355

빈 지게 / 안정순

호랑이보다 무서운 식솔의 입에
먹어도 먹어도 끝이 없는 것이
아궁이라 했던가

한 세월이 다 가도록
짊어진 고난의 무게 헐떡이며
뚜벅뚜벅 작대기에 기댄 채

해가 서산을 넘어서고
그림자 태산처럼 높아져도
등이 닳아 군살이 된 업이라
큰 숨 한 번 몰아쉬고
달게 지던 먼 기억 저편

반질반질 손때 묻은 등태
주인을 잃고서
처마 밑에 우두커니 수십 년

나뭇잎도 우수수 떨어지고
몰아치는 서릿바람에
들쑥날쑥 조급한 마음
빈 지게만 뒷동산을 오르내린다.

달빛 소나타 / 안정순

어둠이 이슥해지고
내리던 이슬마저 잠잠해지면
잔디밭 징검다리 건너
둥근 달빛 차르르 흩어진다

여름내 갈고 닦은 음색
여치의 지휘봉에 맞춰
찌르르 찌르르 귀뚤귀뚤
저마다 목청을 뽐내면

예견된 듯
고요한 밤하늘에
잔잔히 울려 퍼지는
달빛 소나타

꽃 지고 맺힌 자리
살풋 다가온 선들바람
밤하늘 부서지는 달빛 타고 사부작사부작
가을은 그렇게 오나보다!

구절초가 피기까지 / 안정순

그저 늘 그 자리에
기억마저 하얗게 비워둔 채
무뎌진 세월에 애써 감추며

삼천 리 방방곡곡 능선을 따라
쪽빛 하늘 유영하는
한 마리 새처럼

역경의 뒤안길
꽃잎 곱게 아로새겨
원도 한도 없이 떠나가려무나!

굽이굽이 아홉 고개
손발이 저미도록 모진 세월
여기 오기까지

가시밭 늪을 지나 여명이 밝을 무렵
안개처럼 숙연히 천상에 합장하고
눈물 꽃 찬연히 피웠구나!

시인 **여관구** 편

♣ 목차

♪ **시낭송** QR 코드
제 목 : 봄비
시낭송 : 최명자

프로필

2005년 국가공무원 퇴임(국립농산물품질관리원)

2014년 6월 대구예술대학교 평생교육원 "시와 창작 과정" 수료

2014년12월 대구교육대학교 평생교육원 문예대학 시창작 과정 수료

21세기생활인 문인협회(대구)회원

MBC 라디오 주관 제2의 인생을 산다. 수기공모 입선(2014년)

대한문학세계 신인상으로 등단

(사)창작문학예술인협회 정회원

대한문인협회 대구경북지회 정회원

현) 경산미르치과병원 관리부장

웃음 꽃 / 여관구

그렇게도 보고 싶던 내 소꿉친구
골목길에서 우연히 만났다.
그 길을 먼저 웃음으로 꽉 채우고 나오는 친구

웃음을 한 아름안고
입안에 웃음을 한입물고
얼굴전체로 미소가 번지면서

나에게 웃음을 건네주는 친구
반가워 흐드러지게 핀 웃음꽃을
한 아름 껴안았다.

옷깃만 스쳐도 눈끼리 부딪혀도
미소가 온 얼굴로 밀고나오는 친구

네 미소가 내 맘에 있고
내 웃음이 네 맘에 있나보다
미소가 지나간 자리에 웃음이 이는걸 보면

너만 보면
그 옛 웃음이 내 얼굴로 번져 나온다.
나의 친구 소꿉친구야.

감당할 수 없는 그리움 / 여관구

그대가 보고 싶어 내 맘을 졸이던 날
나는 내 모습을 돌아보았네.

보고만 있어도 좋은걸
만지려 했고

생각만 해도 좋은걸
안으려 했고

스치기만 해도 좋은걸
입 맞추려 했네.

그대가 있는 그곳을 바라보며
그리움 가득 가슴으로만
담고 있어야 할
당신의 사랑

가슴깊이 끓어오르는 열정
그리움으로 묶어놓기엔
감당할 수가 없었네.

행복한 날 / 여관구

어제 내린 비
가뭄을 쫓아내서 좋고
마른 냇가에
물 웃음소리 흘러넘쳐 좋다.

햇살 쏟아지는 날은
내 마음 뽀송해서 좋고
비 쏟아지는 날은
궁금한 입에 부침개 소리 들려줘서 좋다.

당신이 내 곁에 있는 날도
내가 당신 곁에 있는 날도
하루하루가 너무 행복해서 좋고

이 세상에 당신이 있어
내가 이리 좋은 것처럼
내가 당신 옆에 있어
당신도 좋은 나날이 되기를……….

가을을 태우는 남자 / 여관구

가을비 흐느끼는
은행나무 이파리 위에

저 멀리 사라지는
물먹은 바람소리

가슴에 매달린 그리움의 색깔들이
노랗게 익어갈 때

들판의 황금물결은
내 마음을 태우는 구나

매미소리 끝을 잡고
내 마음의 생각들이 송골송골 익어갈 때

소슬바람 사이에
숨어 우는 귀뚜라미 울음소리가
떫은 감 같은 내 마음을 빨갛게 익힌다.

사랑놀이 / 여관구

사랑은 꿈인가요?
　　　질투인가요?
　　　아픔인가요?

벅찬 감동이 사라진 뒤에도
잔잔히 흔들리는 기쁨이 있듯이
그녀의 깊은 체온이 사라진 뒤에도
부둥켜안고 가야할 사랑이 있습니다.

붉게 타오르던 욕정을 식히며
스르르 감정을 잡아매는 저녁
사라진 사랑 다시 찾기 어려워라

헤어진 뒤에도 아쉬움을 찾는 시간이 있습니다.
사랑이 식은 뒤에도 뜨거움을 생각하는 날들이 있습니다.

뜨거웠던 시간이 추억이 되는 날
그 날들은 다시 오지 않겠지만
어디서부턴가 또 시작해야 할 사랑놀이.

기분 좋은 날 / 여관구

내 몸은 지상에 있어도
내 마음은 구름의 자리를 빌리고

내 마음을 감싸고도는 이 폭신한 기분은
나를 하늘 보좌에 앉힙니다.

당신의 애정 어린 웃음소리에도
내 심장은 고동치고
얼핏 당신을 가만히 바라보기만 해도
벌써 내목소리는 기쁨으로 들떠있습니다.

눈빛 하나만 으로도
당신의 연분홍빛 사랑을 느낄 수가 있고
혓밑에 감추어진 당신의 애교는
내 마음을 녹아내리게 합니다.

혀가 가만히 정지된 채 있을 때는
감당할 수 없는 삭막함이 살갗 밑으로
불길같이 달려 퍼지지만

마음의 뚜껑이 열리고
따뜻한 온기가 내 심장으로 밀려들 때는 내 손끝이 떨리고
나의 하루는 행복을 침상위에 뉘입니다.

기도하는 마음 / 여관구

조아리는 무릎 밑에
마음을 깔아놓고
주체할 수 없이 흐르는
마음이 녹은 물이
세속에 찌던 때를 씻게 하여 주소서

내 마음이 겸손을 받아들고
남을 귀히 여기는 마음에
문을 열고 들어가
자랑과 교만에서
내 마음이 멀어지게 하소서

마음의 밑바닥에 깔려있는
순수함이 일어나
마음에 감사가 흘러넘치게 하시고
탐심을 멀리한 한 해에
감사하게 하소서

봄비 / 여관구

비가 가늘어서
가시 사이로
숨어 내리는 이른 아침

젊음이라는 수식어를 달고 싶은
둥치 굵은 탱자나무는
무슨 옷을 입을까 고민이다.

마음이 깎이어
피부마저 얇아져서
추위를 막을 수 없더니

가는 비에
튼 살 사이로
진통을 새싹으로 밀어낸다.

가시 끝 봄비에는
눈물 맛이 섞여 있다.

꽃자리 흔적 / 여관구

만남으로 새겨놓은 내 맘의 조각들
색깔로 심어놓은 당신 맘의 발자국들
향기로 덮어놓은 그 모습 그 대로
꽃들이 왔다간 자리는 흔적을 지웁니다.

공허한 내 맘을 꽃들이 찾아와 채우려고
간절한 마음이 되어보지만
채울 수 없는 욕심만 끌어안았습니다.

떠나보내야 하는 봄 향기를 바라보며
텅 빈 것 같은 허전한 뒤뜰엔 발자국 소리만 어지러운데

지저귀는 새들의 노랫소리 마음 판에 올려놓고
봄의 끝자락을 잡고 꽃 진자리에 빈방처럼
허전한 마음을 앉혀봅니다.

눈웃음 높이 / 여관구

요즘 아내는 오후만 되면
맡겨놓은 손자 웃음소리를 찾으려 어린이 집에 간다.

보면 볼수록 내 마음에 주름살을 펴주는
귀여운 모습, 귀여운 웃음,
가끔씩 튀어나오는 어느 세계의 귀여운 말들

눈가에 입언저리에 맺혀있는 웃음들이
아내에게 와르르 달려올 땐
세월이 접어놓은 마른대추 같은 마음에 주름살이
고무풍선처럼 확 펴지는 행복한 순간이다.

이 기쁨 이 순간들을 어찌 어린이 집에 놓아둘 수 있으랴
내 몸이 내 마음을 따라가지 못하더라도
이 즐거운 행복을 놓일 수 없어
오늘도 손자와 눈웃음 높이를 재본다.

시인 **염규식** 편

♣ 목차

 ♪ 시낭송 QR 코드
제　목 : **나의 노래**
시낭송 : **최명자**

시 <봄의 숨결> 중에서

서러움의 먼 길을 지켜온 산비탈
곳곳에서 단장하며 내미는 푸른 입술
차갑고 그늘진 긴 아픔 뒤에 아름다운 미소

한기를 뒤로하며 온기를 채우고
또다시 잉태하는 생명
날마다 변화의 시간에 머뭇거리고
자연의 바람결이 편하다.

더러운 짓거리 아니 해도
대지에 솟아오르는 온기만으로
모든 한기와 비밀을 토해내는 치부
진실을 알게 한다.

370

謹弔燈(근조등) / 염규식

샛바람이 불고, 진눈깨비 내려도
때가 되면 오가는 영속의 세월.
계절의 시간은 꾸지도 않고 빌려주지도 않는
오가는 계산이 철저하다.

어둠 속의 시리도록 붉은 홍등 아래 나부끼는
푸른 나비의 춤사위는
가슴의 허무감에 북을 치면서
이름 석 자 전사하고 먼 길을 간다.

또 하나의 별이 검은 호수의 가운데 빠지면
괜스레 흐려진 동공에 붉은빛이 잠기고
대신할 수 없는 외로운 길
얼마나 짊어지고, 내려놓았는지-

바람도 외로움에 여기저기 마실 다녀도
밤잠 못 이뤄 외로움의 바다에 빠진들
어차피 한 번밖에 읽지 못하는 나만의 책
이제 얼마 남지 않은 여분의 책 꼼꼼히 읽어 가리라.

나의 노래 / 염규식

소년은 들판의 푸름과 정기를 받았다.
달리는 소년은 태양보다 붉었고
꿈은 창공의 솔개보다 높이 날았다.

오월의 빨리 시드는 장미 뒤에
퇴색한 영광의 들판을 지나면서
세월은 면류관을 시들게 하고
사나운 바람으로 명예의 옷을 벗겼다.

힘이 다해버린 세월의 죽음을 보면서
초원을 달리는 푸른 갈기는 흐트러지고
흐르는 시간에 색 바랜 영광을 내어 준다.

운명을 가로 지르며 외쳤던 노래를 기억하고
현재를 먹어버리고 짙은 그림자를 남겨버린
과거를 돌려 새워, 긴장과 자극을 다시 찾는다.

이제 창공의 꿈은 세월에 던져버리고
의미와 가치와의 동침을 사랑하면서
백색 갈기 날리며 초록빛 하늘을 달린다.

현재를 포옹하고 미래를 손짓하며 부르는
나만의 노래.

나중에~ / 염규식

세상의 맛 난 것 다 사드린다고
세상의 좋은 곳 다 구경시켜 드린다고
나중에 내가 자라서

세상 누구보다 효자가 될 거라고
세상에서 제일 예쁜 엄마 철철이 고운 옷 사 드린다고
나중에 내가 자라서

구름과 천둥의 조화 속에 큰비 내릴 제
천정에 새는 비 그릇마다 채우면서
세상에서 제일 좋은 집 지어 모실게요
나중에 내가 자라서

오월의 서러움에 가슴 꽃 무거워 달지를 못하고
어둠에 못질하고 울면서 넘는 길
그리움에 사무쳐도 돌아올 줄 모르니
다정도 병이라 이 밤도 그리움에 우는데

나중은……정말 나중이구나
참으로 나중은 정말 나중이구나.

반성문 / 염규식

마침표를 찍을 때면 앞쪽을 본다.
때가 되면 내려놓을 줄도, 돌려 줄줄 아는
환한 이별을 즐길 줄 아는 사람으로

스스로 선택한 작은 소로 길
어둠의 저녁은 다가오고
마지막 촛불의 심지가 연소하는데도
질기게도 허욕을 쫓는 군상들

한 걸음이 천금의 무게가 되어도
아직도 밝아 오지 않는 여명을 기다리며
맨몸뚱이 새벽바람 차가워도
누군가 거두어 갈 어둠을 지켜본다.

붉은 옷을 입을 때까지
새로운 출발, 여백을 채우기 위해
하지만 남은 여백은 목화솜처럼
조금은 따뜻하게 써 볼까 합니다.

봄의 숨결 / 염규식

서러움의 먼 길을 지켜온 산비탈
곳곳에서 단장하며 내미는 푸른 입술
차갑고 그늘진 긴 아픔 뒤에 아름다운 미소

한기를 뒤로하며 온기를 채우고
또다시 잉태하는 생명
날마다 변화의 시간에 머뭇거리고
자연의 바람결이 편하다.

더러운 짓거리 아니 해도
대지에 솟아오르는 온기만으로
모든 한기와 비밀을 토해내는 치부
진실을 알게 한다.

만들어지는 과정이 삶의 현실이라도
푸르럼을 외면할 수 없기에
단장한 미인처럼 다가서는 여인이고 싶지만
아직은 찬바람 막아서 의미가 없구나.

내 머리와 가슴이 더워지기 전에
너는 먼저와 기다리는가.
마음은 아직 춥고 따슨 손길 기다리는데
너는 벌써 이만큼 왔구나.

잠시 멍했던 내 생의 한 부분이 지나가는구나!

유월의 향기 / 염규식

지쳐 버린 하루해는 노을을 토해내고
더운 바람 밀어내고 다가오는 먼 산
내 손에 가득 찬 엄마의 분 냄새

짧은 시간 너의 사랑 이토록 서러워서
이별의 아픔 가시마다 맺혔으니
고운 살결 마디마다 사연으로 뭉쳐있고

세월의 아우성에 꽃 비 뿌려 화답하니
바람결에 들려주는 너의 과거사
남긴 정 아쉬움에 달힌 가슴 붉어진다.

절반 넘긴 한 해는
아직도 들길 헤매는 내가 가여워
주고 간 살가운 향기, 내 가슴을 애무하고

내 눈을 멀게 하는 해지는 먼 산과
옅어지는 노을의 남긴 숨결 내 가슴을 적실 때
바람결에 풍기는 황홀한 미소, 시인을 부른다.

은혜~ / 염규식

내가 당신을 처음 알았을 때
내가 사랑한 줄 알았네.
내가 당신 사랑한 것 아니라
그대가 사랑한 것을…….

내가 높이 있을 때
그대를 멀리하였고
내가 낮아졌을 때
그대는 나의 옆에 앉았네.

입술로만 사랑하며
끊지 못한 세상 고리
고독을 씹으며 눈물로 배를 채울 때
일으켜준 붉은 손, 사랑이어라.

용서와 사랑으로 내 가슴 적시니
그대가 오는 곳은, 따스함이 있으니
받고 싶은 세상 영광, 없어도 좋아라.

말씀마다 향기 품어 내 안에 거하니
썩어가는 육신, 드릴 것 없어도
주신 사랑 내려놓고 더욱 비워 보리라.

잃어버린 얼굴 / 염규식

두려움 없이 약속의 땅만을 고집하고
세상과 겨루며 달려온 세월
기억 못 할 작은 일 한 꺼풀씩 벗긴다.

아쉬움, 그리움, 후회와 황혼의 거울을 보며
어느덧 먼 산에는 눈꽃이 피고
오만과 방종을 버리고 만족하는 모습을 본다.

높은 소망의 꿈, 다 버리고 작은 기쁨을 찾는다.
언제나 진실을 보여주려고 침묵으로 일관하지만
세상에 한없이 울어버린 굳어있는 연약함.

세월 따라 변해버린 낯선 이방인
아직도 열정이 넘쳐 온몸으로 사랑할 수 있다고
매일 흐르는 세상의 모진 바람 이기려 한다.

달려온 세월만큼 쉬고 싶지만
무거운 발걸음 미래를 조각한다.
참으로 실패를 싫어하고
나그넷길을 싫어하는 한 사내를 보았다.

자유인 / 염규식

영혼에 박힌 양심의 가시
당신은 사하였으나
자신은 용서 못 하는 마음
당신은 아시나요.

당신의 놀라우신 사랑
나를 채우는 시간을 위해
수많은 날 엎드려 흘린 눈물
무슨 소용 있으리오.

그냥 묵묵히 당신을 보며
험한 인생길 걸어가려 합니다.
고요 속에 기도하며
당신을 만나도 할 말을 잃고…….

당신의 향기를 느끼면서도
읽지 않은 책처럼
쌓여가는 후회는 깊어가고

소망의 아픈 언덕을 넘으며
무디어진 아픔의 상처
한쪽을 부여잡고 있습니다.

다시금 긴 여행을 떠나기 위해
자유인을 찾아서…….

활주로 / 염규식

촘촘히 퍼져나간 모세혈관
동맥의 젖줄에 연결하고 싶다.

살면서 모가 나고 조각난 아픈 사연
모두 엮어서 인생사 하나로 묶고 있다.

백 년 인생 긴 세월 바람 잘 날 없어도
조각구름 하나가 뭉게구름 되듯이

그리움도 아픔도 소망과 이상도
확 트인 하늘에 담갔다.

창공에 날아서 푸른 강물에 뛰어들고
하얀 꿈을 먹었으면 좋겠다.

그래서 나는 넓고 긴 활주로를
지금도 만들고 있다.

나의 고향이

조명희

나의 고향이 저기 저 흰 구름 너머이면
새의 나래 빌려 가련마는
누른 땅 위에 무거운 다리 움직이며
창공을 바라보아 휘파람 불다.

나의 고향이 저기 저 높은 산 너머이면
길고 긴 꿈길을 좇아가련마는
생의 엉킨 줄 얽매여
발 구르며 부르짖다.

고적孤寂한 사람아, 시인아.
불투명한 생의 욕慾의 화염에
들레는 저자거리 등지고 돌아서
고목의 옛 덩굴 디디고 서서
지는 해 바라보고
옛 이야기 새 생각에 울다.

고적한 사람아, 시인아.
하늘 끝 회색 구름의 나라
이름도 모르는 새 나라 찾으려
멀고 먼 창공의 길 저문 바람에
외로운 형영形影 번득이여 날아가는 그 새와 같이
슬픈 소리 바람결에 부쳐 보내며
아픈 걸음 푸른 꿈길 속에
영원의 빛을 찾아가다.　　　　　〈봄 잔디밭 위에, 춘추각, 1924〉

시인 **유필이** 편

♣ 목차

♪ 시낭송 QR 코드
제 목 : 사진 한 장
시낭송 : 김지원

프로필

대구광역시 서구 거주
2005년 6월 한울문학 문예지 시 부분 등단
2005년 6월 한울문학 신인문학상 수상
2006년 12월 대한문인협회 향토문학상 수상
2007년 8월 대한문인협회 이달의 작가 선정
2011년 6월 대한문인협회 이달의 작가 선정
2012년 9월 대한문인협회 주관 전국 시인대회 작품상 수상
2012년 12월 대한문인협회 올해의 작가상 수상
2013년 12월 대한문인협회 창작문학 예술인 금상 수상
2014년 6월 한문인협회 주관 한줄 시 공모전 동상 수상
2014년 10월 명시를 찾아서 아트TV 출연
2014년 12월 문인협회 감사패 수상
2015년 9월 한문인협회 주관 한줄 시 공모전 은상 수상
대한문인협회 행사기획위원회 자문위원
대한문인협회 운영위원, 대한문인협회 임원 홍보국장
대한문인협회 대구경북지회 홍보국장
대한문인협회 대구경북지회 사무국장
(현)-대한문인협회 대구경북지회 지회장

유필이 시집
풀잎의 노래

(현) (사)창작문학예술인협회 정회원
저서 " 풀잎의 노래" 출간
공저 대구경북동인지 "동행의 길섶"
산업자원부 사보 수록
-06년 1월 " 마지막 잎새의 슬픈 노래"
-08년 11월 "낙엽이 된 사랑"
다음카페 주소
http://cafe.daum.net/vnfdlv567

단비 / 유필이

잔뜩 긴장한 날씨
긴 가뭄 끝에 빗방울이 흐느적거린다

한 방울 두 방울
옥수수 잎에
뚝 뚝 떨어지는 노랫소리에
숨어 있던 영리한 잡초들
키를 세워 숨 고르기에 바쁘고

바삭 타버린 7월의 꽃밭에도
초록 물이 흥건하다.

오월의 장미 / 유필이

씨줄 날줄
사월이 짠 신록의 계절
오월이 오면

소쩍새 울음소리
적막을 깨울 때

촉촉한 이슬 머금고
푸른 넝쿨 사이로
붉은빛 올리는 장미 한 송이
선물하고 싶다

사랑하는 당신에게.

민들레 홀씨 / 유필이

작년 늦은 봄
옥이네 과수원 사과나무 아래
바람 따라 이사 온 백발노인

잠시 현기증 일으키며
흙먼지 속에 이리 뒹굴 저리 뒹굴
제자리 못 잡더니

금쪽같은 귀한 자식
허공에 흩어져 이별하면 어쩌나
서둘러 흙 가슴에 토닥토닥 품은 채

겨울지나 봄이 오니
쏟아지는 햇살 아래
무더기로 앉아 있는 샛노란 민들레
방실방실 며칠간 웃다 보니

또다시 종종걸음
이삿짐 꾸리는 달동네 백발노인

이젠 또 어디 가서
한해살이 짐을 풀까
찌그러진 달을 보고 한숨짓는 전세입자.

사진 한 장 / 유필이

네가 보내 준
내 고향 어느 집 돌담에 걸린
봄 사진 한 장을 보는 순간 폭우에
꽃잎이 와르르 쏟아지듯
긴 속 눈썹 사이로 주르륵 흐르는
눈물의 의미는 그리움이다

정겨운 사람들은
세월 따라 온데간데없어도
내 고향 산천에 뻐꾸기 울고
진달래 꽃물결 출렁이며
보리밭 사잇길로 봄은 왔구나

두 살 터울 너와 나
뻐꾸기 우는 뒷동산에 올라가
진달래 꺾어 안고
보드라운 입술로 꽃잎 따먹던
그 푸르디푸른 시절도
물비늘처럼 반짝이며
내 고향 어느 집 돌담에 걸린
봄 사진 한 장 속에 고스란히 담겨 있겠지

너와 나
검정 고무신 신고
진달래 꽃길 따라
보리밭 사잇길로 뛰어놀던 그 시절이 그립다
눈물이 나도록.

사월에는 / 유필이

꽃이 피고
꽃이 지는 사월에는

아지랑이 너울지는
언덕에 앉아

연초록 실타래 풀어
부지런히
신록을 짜야지.

커피 / 유필이

하루를 시작하면서부터
난 너를 찾는다

즐거울 때나
우울할 때도
난 너를 찾는다

너의 오롯한 향기는
질리지 않는 묘한 유혹

어느새
내 삶 속에 친구가 된 너
난 너를 오늘도 찾는다.

어머니의 산 / 유필이

전광판의 빨간 글씨로
화장 중
그 옆에 어머니 이름 석 자

울음소리 없어도
숨 막히는 흐느낌은
가슴 골짜기로 흐르는
뜨거운 전율

생과 죽음
그리고 허무함이
조각조각 바스러진 채
화장터 주변을 나뒹굴며
인생 무상함을 말해주듯

잠시 후
한 줌의 재가 되어 돌아오신 어머니
한 맺힌 삶의 무게를
희뿌연 바람에 뿌리면서
어머니의 긴 그림자는
짙은 땅거미처럼 온 산천을 덮었다.

양푼이 밥 / 유필이

꼬르륵 갑자기
밥 달라고 배꼽시계가 요동을 친다
게으른 탓에
해가 중천에 걸린 줄도 모르고 있는데
금강산도 식후경이라며
그사이를 못 참고
뱃속에서 고함을 지른다
얼른 부엌으로 달려가
커다란 양푼에 밥을 넣고
고소한 참기름 두오 방울 떨어뜨리고
이것저것 남은 반찬 넣어
골고루 비벼 한입에 쏙
꿀맛이 따로 없다
세상 부러울 것 없는 뱃속은
꿈틀거리며 춤을 추는데
갑자기 허리에 손이 가면서
후회의 한숨 소리는
끝없이 쏟아져 나온다
양푼이 밥 참 오랜만에 먹어 보는데
옆구리에 살이 찌면 어쩌나
걱정부터 앞선다.

꽃무릇 / 유필이

안고 있어도 불안한가
둘이 아닌 하나로 옴짝달싹 못하게
옭아매고 있어도 보고 싶은가
어쩌다가 만날 수 없는 운명 때문에
번뇌에 시달리는 중생이 되었던가
전생에 지은 억겁
현생에서 지독한 그리움으로 씻어내고 있는가
선홍빛 핏물로 서럽게 꽃 피워도
초록빛 눈물로 서럽게 잎 돋아도
너는 나를 향해 그리워하고
나는 너를 향해 그리워하지만
너와 나
뗄 수 없는 하나임을 잊지 않는다면
그 붉은 꽃잎에도 고운 향기가 날 텐데.

인생 그리고 사랑 / 유필이

무디어 가는 반백의 나이
쉼 없이 달려온 인생
그리고 사랑

인생은
세월의 수레바퀴를 타고 흐르다가
삶의 진리를 깨닫게 되었고

사랑은
인연의 수레바퀴를 타고 흐르다가
청실홍실의 의미를 알게 되었다.

시인 **이옥림** 편

♣ 목차

♪ **시낭송 QR 코드**
제　목 : 추억에 꿈
시낭송 : 박태임

프로필

경남 창원시 진해구 거주
해군 준사관 전역
대한문학세계 시 부문 등단
(사)창작문학예술인협의회 정회원
대한문인협회 부산경남지회 지회장
진해문인협회 회원

공저 : 대한문인협회 부산경남지회 동인지
　　　　　　낙동강 갈대바람 출간

고향에 들어서면 / 이옥림

길녘 풀잎들이 바람결에
흔들리며 서걱대는 소리
허기진 언덕에
꽃처럼 떨어진다

찔레꽃 꺾어 입에 물며 수다 덜던
계집애의 수줍은 숨소리가
들꽃들의 내음처럼 엉켜들고
놀려주던 계집애 담장 너머로
물 한 바가지 뿌려놓고
모른 체 설레던 가슴도
아련한 추억이 되어 흐르는 곳

돌담에는 호박 넝쿨이
야무지게 엉켜 익어가고
엄마 등쌀에 장독대 닦던
계집애는 요란하게
콧노래 부르며 날 불렀지

난 밤이 되면
시골 막다른 골목길
가로등 불빛을 잊지 못하지
계집애가 날 부르며
치장을 고치던 그 장소를~~

코스모스 / 이옥림

언덕길 가는 길 아득히 잊은 듯
그늘이 쉬던 자리 코스모스 피었네
소슬바람은 잠들어
온 들판은 적막한데
그 어느 누가 찾아들지 않는
꿈도 서글픈 산골 처녀처럼
누군가에 응석도 부리고 싶은
가냘픈 코스모스

들녘 풀잎에 무의식적으로
눈길로 소곤소곤 대화를 나누며
쑥스러운 미소만 짓는구나
마치 그 자리에 못 박힌 듯
꼼짝도 못 하고 얕은 잠이 들어
꾸벅꾸벅 졸다가

잠이 깬 가을 바람결에
실없이 히쭉히쭉 웃음만 짓더니
누군가에 마음을 훔쳐
한들한들 춤을 추고 있구나.

야생화 / 이옥림

바람결에 떨리듯
외롭게 피었네
자연이 있음에 나 여기 피었노라

날 밉다 곱다 하지 말고
가꾸고 돌봐주는 이 있으면
내 모습 예뻐라

잡초 속에서 피어나 꽃향기 내고
새소리 멜로디 되어 노래 부를 때
꽃 핀 그림자 들녘에 어리네

바람에 휘날리는
향기는 걸림이 없고
내 향기 더욱 좋으리
꽃 핀 들판은
내 모습 내 향기뿐이네.

동강 할미꽃 / 이옥림

봄 햇살
동강에 쏟아지고
바람은 강을 건너서
무뚝뚝한 절벽
바위들을 핥는다

겨우내
질퍽하게 애끓다
웅크린 가면을 벗고
당당하게 고개를 든다

늙은 바위들이 토해내는
붉은 선혈처럼
붉고 곱게 피어오른다

눈 감아도 예쁜 꽃
보고 또 보아도 고운 자태
누가 널
할미꽃이라고 했던가
오랫동안
널 잊지 못할 것 같네.

갯바위 / 이옥림

바위라는 이유 하나 때문에
변명도 못 하고
옷을 벗고 앙상한 뼈대를 들어내고
거무뎅뎅하게 견뎌온 세월의 고뇌
언젠가는 연인의 따스한 숨결처럼
안아달라 품어달라 보채이더니

바람이 쉬던 자리 비워두고
요염한 자세로 누워있다
갈매기는 쉬었다 가라하고
갯바람은 노래하고 놀자 하니
잔잔하던 바다 옥빛 물결
비겁하고 뻔뻔하게 쏴~ 철썩~
거센 흰 물기둥 앙칼지게 덮쳐댄다

거센 파도에 할퀴고 뜯기고
된바람에 패이고 부서지고 멍들며
모진 매를 맞고 있다
갯바위는 아랑곳하지 않고
멋진 기암 절경의 자태를 들어내고
들척지근한 미소만 짓고 있다

가을의 길목 / 이옥림

창틈에 가을 소리가
비집고 들어온다
귀뚜라미 울음소리에
매미들은 달큼한 사랑이
아쉬워 애처로이 우는구나

성큼 다가선 가을 여인
짧은 다홍치마 걸쳐 입고
더위에 지쳐있던
온 대지를 시원하게 품어준다
또 여름이 가는구나

달빛도 서늘함에 움츠리며
뒤뜰에 얌전히 쉬어가고
새하얀 뭉게구름
더위를 엿보며 흘러든다

서늘바람에 짓눌린
여름날은 앓아눕는다

호숫가에 고목(古木) / 이옥림

모처럼 새떼가 잔눈치 보지 않고
호숫가에 날아든다
몸매는 빼어나고
잎사귀는 아름답다
살아온 세월도 길었지만
살아갈 날도 상당하지 않겠는가

버티어온 세월이
백 년인가? 수백 년인가
얽히고설킨 사연
마디마디 서려 있네

쭈글쭈글한 다리 들어내고
호수 언덕 위에 뻗은 지조
오가는 이 걸음걸음
잡고 또 잡는구려

좁은 틈새 비집고 밀어내는
뿌리마다 역겨운데
넌 다리마저 뻗을 자리
비워 두지 않았거늘
갈대 무성한 호수만이
널 자리 내어주며 비켜준다

무명초(無名草) / 이옥림

속절없는 녹초에
맺힌 것이 이슬인가 눈물인가
누가 널 고깝게
잡초 속에 가두어 두었나
누가 널 이름도 성도 없이
들녘에 숨겨 두었나

저 드높은 하늘에 나는 새들도
이름을 불러가며
날고 먹이 찾아 오가지 않는가
흐르는 달빛도 별빛도
널 부르지 못하고 몰래 지나가네

가련한 널 보고 있노라면
깊은 사연 서리고
애끓고 애처로워
젖은 가슴 또 적시네
그래도 넌 웃으며 미소 짓고
지내다 가느냐?

호롱불 사랑 / 이옥림

짙은 물안개는
몰래 지나가는 내 그리움을
밉살스럽게 뒤덮는다
사랑하는 것도 죄인가요
미워하는 것도 사랑인가요

천 겹 험한 산에 가로막혀도
스며드는 샘물처럼
맑은 사랑하고 싶은데
돌아오지 못할 강을
건너지도 넘어가지도 않았거늘
왜 사랑에 연정마저
눈물겹고 갈쌍스럽게
차곡차곡 쌓여만 가는지

그리워만 하기엔
사랑이 너무 비겁자 않는가
우린 너무 쉽게 사랑하고
아주 쉽게 그리워만 하고 있다
깜빡이는 호롱 불같은
사랑을 꺼지지 않도록
오늘도 꼼지락꼼지락
만지며 살피고 있다

추억에 꿈 / 이옥림

먼 바다 건너 희미한 등불이
아득하게 깜박이는 숨은 뜻은
내 마음에 그리움이요
빗소리 바람 소리는
외로움이 가득한 소리이거늘

길 언덕 서낭당 나무 위에
새가 집을 짓듯이
차곡차곡 추억에 집을 지었네

세월은 그리움만 남기고
도도히 흐르는 강물처럼
누가 빨리 가라고 했나
누가 쉬었다 가라고 했나
쉼 없이 추억을 그려내고 있네

감긴 눈 속에서도
뜬눈 속에서도
행복한 추억이 끊겼다 이어지며
내 마음에 걸어 들어오네요
난 하늘을 보고
추억을 그리며
바보처럼 웃으리…

시인 **이유리** 편

♣ 목차

🎵 **시낭송 QR 코드**
제　목 : 나를 아프게 하는 것
시낭송 : 박영애

시 <머무르는 사랑> 중에서

해마다 가을앓이로
초죽음이 되어
자아를 내동댕이쳐야 할 때

오래된 정겨움으로
그대 어깨
나를 위해 내어 줄 수 있기를

우리 사랑은 흐르지 않고
오래도록 한 곳에
머물러 있으면 좋겠다

이유리 시집
나에게 너는

가을 숲 / 이유리

가을 숲이 그리움으로 쌓인다
한때는
누군가의 가슴에
불꽃으로 피어올랐을 뜨거움

온통 사랑의 열병처럼 앓던
계절 앞에
울먹이던 이름 하나
마음을 헤집고 뛰쳐나오면
바람이 속삭인다

만남 뒤엔 이별이라는
무언의 공식들이
펑펑 울지도 못하게
옥죄여 오는 거라고

쌓여만 가는 저 숱한 그리움은
또 어쩌란 말인지
가을 숲이 흐느낀다

독백 / 이유리

꽃잎 지는 소리에 바람이 울었다
향기 나던 축제의 날은
기억에 묻고
사랑한다는 말은 꽃대에 걸어놓고

가끔은
쓸쓸함과 슬픔과 외로움이
숙명처럼 느껴진다고
또 한 번 울지도 모를 일이다

인연 따라 흘러간
그리움들은
영혼처럼 늙지도
시들지도 않으리라 믿으면서

그리움 / 이유리

그대를 바람으로 안고
시간의 밖으로 내달려
영근 하루 낚아 올리던
헤아릴 수 없는 날들

고독이 촛농으로 흘러내려
끈적이던 밤이
꿈결로 아득하던 나를 깨우면

그대는
봄날의 뽀얀 아지랭이로 피어나
네 안 가득 머무르다
다시금
불면의 그리움으로 날아오른다

동백 / 이유리

너를 향한 붉은 연정
살며시 간직하다,
터져버린 울먹이는 가슴

어찌 너를
마음에 품고만 있겠다고
무언의 약속을 했었나
이처럼 휘청이는
부질없는 인연일진대

아픈 그리움이 된 이름 앞에
시리도록 붉은 눈물자욱마다
머무르는 바람의 손짓이 아프다

아! 봄 / 이유리

바람의 하늘거림에
햇살의 따사로움에
무작정 홀로 나선 거리

아! 봄
봄날이다

이 눈부심은
그대가 뿌려놓은
찬란한 그리움이던가

지금, 둘이 아닌
홀로 걷는 나에게는
잔인한 아름다움

떠나보내고 맞이할
무수한 시간들이 남아있음에
발견하리라
감사하리라

삶이 시가 되는
아름다운 봄날이기에

너 / 이유리

마음에서 덜어내도
너는 자꾸 차오른다
소소한 애기들도
함께 나눌 수 있음이
기쁨이 될 수 있는

메마른 삶에
함께 한다는 것
그것만으로도 충분할 수 있으리
봄의 반가움처럼
그리움 한껏 담아내듯이

때로는 너로 인해 흔들리는
그 흔들림마저
아름답다 말하고 싶다

의도 없이 다가오는 것들이
또한 행복이 될 수도 있음에
그것 또한 감사함이 된다는 것
이처럼 너는 내게 아름다운 봄날이다

머무르는 사랑 / 이유리

해마다 가을앓이로
초죽음이 되어
자아를 내동댕이쳐야 할 때

오래된 정겨움으로
그대 어깨
나를 위해 내어 줄 수 있기를

우리 사랑은 흐르지 않고
오래도록 한 곳에
머물러 있으면 좋겠다

전혀 낯설지 않은
익숙한 사랑으로

조금씩 빛바래어져 가는
젊음도
담담히 사랑할 수 있는 사랑으로

사랑은 / 이유리

사랑은
조바심 내지 않으며 묵묵히
그저 평온하게 기다리는 것

가슴 뛰는 설렘보다
편안함과 익숙함이 주는 따뜻함

사랑은 묵을수록 진한 향기로
서로에게 물들어 가며
더 줄게 없나 뒤돌아보게 되는 것

가을 이별 / 이유리

온 산야 달구며
붉고 뜨겁게 머물던 그 사랑
무엔들 이보다 더 뜨거울 수 있을까
함께 한 그 시간 영원하리라 믿었는데

너 없이 안 된다던 열정의 나날들이
이제는 이별이란다
가슴마다 온통 물들여 놓고는
가슴마다 그대로 가득 채워놓고는

거리에 눈물로 떨어져
고뇌에 차 뒹구는 처연함
이제는 이별이란다
다시 만날 날 기약하리니
아파하지 말자 손 흔들면서

나를 아프게 하는 것 / 이유리

한 잔의 술이
명치끝을 찌르는
통증으로 넘어가면
울컥 눈물이 난다
술이 아프다

저 깊고도 슬픈 계절로
침잠한다. 침묵한다
흩날리던 눈송이만큼
떠돌던 그리움들, 미련들
계절이 아프다

너와의 평온한 흐름을
기대하는 것은
부질없는 일임을 알기에
기억에서 삭제하려니
아! 삶이 너무 아프다

내 마음이 가난하여
너를 따뜻하게
포용하지 못하는 미안함에
사람이 아프다
아! 사람이 이토록 아플 줄이야

시인 **임시욱** 편

♪ 시낭송 QR 코드
제 목 : 구월의 새벽
시낭송 : 박순애

시 <연습없이> 중에서

허나
능력도
연습도 없는 훈련되지 못한
꿈에도 접해 보지 못한 길을 가는 인생은
슬픔보다
절망... 무거움... 사랑보다
정으로 만든 다독여줄 맘 하나 꼭 필요 한가 봅니다

숙달된
둘러치는 배우의 연기 같은
경험 많은 인생은 뭔들 걱정하랴마는
콩 무더기에 팥을 넣기 싫어하는 성격은 늘 고통 이지요

415

억새꽃 그리고 가을 / 임시욱

가을이 오는 듯
설레던 바람이 가고
운동장 구석 노래진 은행잎 키 큰 나무 서있는
가을입니다

말 타고 달리는 세월
등에 업혀 온 듯
주머니까지 들어찬 가을
파란 청춘 노란 중년이 되어 길을 갑니다

싫지 않은
포장된 코스모스 핀 길 아닌
질펀한 펄 우거진 풀
억새꽃 무더기 핀 없는 길 인생길 걸어 갑니다

나이 많은 나무
피고 진 한 된 세월 현기증된 노랑 잎 떨구는 가을
좋은 억새꽃
밭.....들이민 맘 안아 줍니다 숨겨줍니다

지금쯤 / 임시욱

지금쯤
동에서 뻗어온
저 산 너머에
밀물처럼 그려지는 그림자 있겠다

긴 그림자
매달 린 이름 하나 –
목이 쉬어 차마 다 부르지 못하고
담아 논 그리움 – 매달 린 그림자 끝

낮은 언덕
지는 해
남긴 웃음
그리고 붙어버린 기억들

마른
벽돌 담
붙여 논 맘도 살아
지금쯤 그림자 보고 있겠다

밤 벚 꽃 / 임시욱

밤
벚 꽃
나무아래 하얀 눈이 날립니다

지난겨울
부어 논
앙상한 그것들 모두
서운함도
우수수 떨구며 하얀 눈이 내립니다

우수수 내린 하얀 눈 겹겹이 쌓인
이럴 때
풍족함 없는 마른 가슴
괜스레
소리 없이 무너져 내리나 봅니다

가을에 오셔요 / 임시욱

오셔요
가을처럼
지난 봄 담아 논 파릇함 지니고
노랑 빨강 채색된 화려한 걸음으로
이 가을에 오셔요

반짝이는 나뭇잎
앉은 햇빛 그대 받으시며
풍성함 넘치는
복사나무 그늘로
송이송이 맺혀진 희망안고 오셔요

메말라 앙상한 가지
겨울의 삭막함
그 고운 맘 할퀴지 전에
한 아름
영근 사랑 담고 이 가을에 오셔요

보물처럼 숨겨 논 이쁜 꽃술
기억하며 오셔요
기억에 남는 것 모두 받으시며
이 가을에 오셔요
오셔요 가을처럼

고구마 꽃 1 / 임시욱

짧은 다섯 고랑
고구마
꽃

흰 빛이 고운
나팔
한 개의 꽃 피웠네

혹
아닐지 몰라 줄기를 쳐드니
닳은 이파리 뿌리까지 내렸네

짧은 다섯 고랑
꽃 하나
외롭냐 물으니 그 마음 들킬까 얼굴을 숨기네

구월의 새벽 / 임시욱

구월이 사는
구월이네 집 대문을 열고
구월이네 마당에 들어섭니다
조심성 없이
성큼이 발을 옮기며 들어섭니다

쌀쌀맞은
배우의 성숙한 연기보다 더 짙은
냉정한
그 맘 닮은
구석에 놓여 진 한기를 봅니다

조숙한 아이들
앞서가는 선구자는 아니고
앞서가는 세월 조숙함도 아니고
그저
빨리 가자 이끄는 말 탄 세월

님이여
말 탄 세월 따라가는 님이여
쌀쌀맞은 님이여
움츠림 담긴 이 새벽
아직은 이불 속 머무시구려

구월이 오면 / 임시욱

구월이 오면 –
구월이 오면 낙엽 지는 소리 듣지 못해도
가을을 부르는 소리 있어 좋다
여름을 거둬들인 넓은 들
작은 바람 날릴 때
논 길 걸으며
걸으며
오는 겨울을
눈꽃 열려있는 그때처럼 풍족한 겨울을 그리고 싶다
봄
새싹처럼
피어나는 그리운 희망 뿌리며
뿌리며
가을을 부르는 노래 부르고 싶다

가을 편지 / 임시욱

가을에
따스한 겨울 볕 지나던
그 - 곳에서
포근한 볕 받으며
약속 없는 시간을 걸으며 편지를 씁니다

출렁이며
흥청이던 숨어든 더위들 가고
일렁이는 물결
소리
서성이는 발길 붙잡아 둡니다

누구나 가슴에 들어있는 품은 병아리처럼
소중한 보석
꺼내 줄 수 없는 간직함 하나쯤은 있을 것
그대
잃어버린 가을이 되지 않도록

지난겨울 고운 풍경 녹아 버리듯
놓쳐버린
가을이 되지 않도록 참말 소중히 간직하시길
이 가을에
포근한 볕 받으며 희망 합니다

벌초 길 나그네 / 임시욱

한낮 햇빛 좋은 날
코스모스 늘어선 길 가는 나그네입니다
가을하늘 입 벌린 밤송이
키운 자식 내려놓고
빈자리 들어선 한
그 입으로 토함은
갈 수 없단다 말하며 찾아준 이쁜 엄마
내 어미의 한 된
털 수 없는 찾지 못한 슬픔 보다는
가벼운 바위 덩이입니다
추석이라 단장된 산소들
종산 낮은 산 차지하고
곱지 못한 엔진 소리 빨간 황토 흙 내리 찍고
한이 될 누군가의 슬픔
가슴에 묻어 버립니다
찾아준 내 어미의 몸 가린 노랑 한복
들에 펼친
햇빛 좋은 날 누군가 죽어 묻히나 봅니다

들어선 한숨 / 임시욱

가슴에 들어선 한숨이 싫어서
쫓아내려 문을 열어 봅니다

총채 같은 털이개로는 털 수 없는
한 된 것들이 많아
공장용 선풍기를 돌려 봅니다

떠나기 싫다 붙잡는 손
놓지 않는 몸부림 같은 발버둥
당신 왜 거들고 있나요

가슴을 막아선 한숨
그대여
사랑하는 그대여

인연설

한용운

인연설1

사랑하는 사람 앞에서
사랑한다는 말은 안 합니다.
아니하는 것이 아니라
못하는 것이 사랑의 진실입니다.

잊어버려야 하겠다는 말은
잊어버릴 수 없다는 말입니다.
정말 잊고 싶을 때는 말이 없습니다.

헤어질 때 돌아보지 않는 것은
너무 헤어지기 싫기 때문입니다.
그것은 헤어지는 것이 아니라
같이 있다는 말입니다.

사랑하는 사람 앞에서 웃는 것은
그만큼 그 사람과 행복하다는 말입니다.
그러나 알 수 없는 표정은 이별의 시작입니다.

떠날 때 울면 잊지 못한다는 증거요,
뛰다가 가로등에 기대어 울면
오로지 당신만을 사랑한다는 말입니다.

인연설2

함께 영원히 있을 수 없음을 슬퍼 말고
잠시라도 함께 있을 수 있음을 기뻐하고

더 좋아해 주지 않음을 노여워 말고
이만큼 좋아해 주는 것에 만족하고

나만 애태운다 원망치 말고
애처롭기까지 한 사랑을 할 수 있음을 감사하고

주기만 하는 사랑이라 지치지 말고
더 많이 줄 수 없음을 아파하고

남과 함께 즐거워한다고 질투하지 말고
그의 기쁨이라 여겨 함께 기뻐할 줄 알고

이룰 수 없는 사랑이라 일찍 포기하지 말고
깨끗한 사랑으로 오래 간직할 수 있는
나는 당신을 그렇게 사랑하렵니다.

시인 **임재화** 편

♪ 시낭송 QR 코드
제　목 : 등꽃 연가
시낭송 : 박영애

시작노트

임재화 시집

언제나 시(詩)를 지을 때마다 스스로 부족함을 느낍니다. 늘 마음이 맑아진 상태에서 정성을 다해 맑은 향기나는 시를 지을 수 있기를 어느 시인은 간절히 소망하고 있습니다.

우리네 평범한 사람들의 일상이 늘 버거운 삶이라 할지라도 맑고 고운 시의 인연이 닿아, 독자들의 마음 밭에 싹을 틔워서 마음만큼은 늘 맑고 고운 향기 전해질 수 있도록 기도합니다.

대숲에서

들국화 연가

대숲에서 / 임재화

대숲에 바람이 찾아와
변함없는 절개를 시험하고
솔숲에는 청정한 마음이
자리 잡고 있습니다.

하얀 돌 틈 사이로
졸졸 흐르는 시냇물을 바라보며
이마에 흐르는 땀을 식히고 있노라면

어느덧 버거운 삶에 지친 영혼을 추스르고
또다시 힘차게 도전할 수 있는
용기가 샘솟습니다.

언제나 푸른 대숲에는
늘 여유로운 정과 마음이 있고
살랑살랑 부는 바람에
댓가지가 조용히 흔들립니다.

조막만 한 참새들의 보금자리는
언제나 대숲을 정겹게 만들고
늘 푸른 색깔은 이웃한 솔숲과 화합하여
버거운 삶에 지친 마음에도
빙그레 웃음 찾아들게 한답니다.

들국화 연가 / 임재화

먼 산자락 저만치서
휘하고 달려오는 가을바람이
살며시 나뭇잎 어루만질 때

이제 떠나도 여한이 없는
빛 고운 단풍 잎사귀
서늘한 바람 앞에 몸을 맡기고

하나둘 낙엽 되어서 떨어져
맑게 흐르는 계곡 물 벗 삼아
정처 없이 두둥실 떠나갑니다.

저만치서 달려오는
소슬한 가을바람이 살그머니
들국화 꽃을 스쳐 지날 때

차츰 깊어가는 가을날
온 누리에 그윽한
들국화 꽃향기 가득합니다.

등꽃 연가 / 임재화

호젓한 숲길을 지나가는데
등나무 넝쿨이 낭창 늘어진 곳에
주렁주렁 포도송이 매달린 듯이
보랏빛 등꽃이 곱게 피었다.

멀리서 바라다볼 때는
숲 속에 포도송이가 익어서
매달려 있는 것으로 보였는데
가까이 다가서서 쳐다보노라면

싱그런 오월의 햇볕을 받아서
맑고 고운 모습으로
산들 불어오는 바람 앞에서
겸손하게 고개 숙여 인사를 합니다.

어디서 몰려 왔는지
수많은 꿀벌이 붕붕 날갯짓하며
달콤한 꿀을 탐하느라고
길손도 본체만체 외면하는데

마냥 수줍은 보랏빛 등꽃
따가운 햇볕을 받아서 빛이나
반짝거리는 예쁜 모습으로
나그네에게 조용히 웃음 웃습니다.

강촌의 봄 / 임재화

어느 봄날의 주말 오후
인적 하나 없는 조용한 강촌
강변에 빈 배 하나 떠 있고

수양버들 여린 나뭇가지마다
연초록빛 색으로 물들어
살랑 부는 봄바람에 흔들릴 때

조용히 헤엄치는 원앙새 한 쌍
봄 햇볕에 반짝이는 강물
봄 강은 말없이 흐르고 있다.

들꽃 / 임재화

조용히 두 손을 모아서 맞잡고
늘 한결같은 마음으로 오롯이
고운임의 모습 내 가슴에 품으면

그냥 아무런 말 하나 없어도
임의 작은 가슴 깊은 곳 맑은 마음
한 송이 들꽃으로 곱게 피었습니다.

푸른 하늘에 하얀 뭉게구름 일면
저만치서 불어오는 산들바람이
방긋 웃는 꽃잎을 살며시 어루만질 때

티 없는 구슬처럼 맑은 아침 이슬
작은 꽃잎마다 방울방울 맺혀있는데
다소곳이 고개 숙인 빛 고운 꽃송이
차마 부끄러워 얼굴을 붉힙니다.

빛 고운 달님 / 임재화

가슴이 시렸던 하얀 반달은
어느새 둥그런 모습 되어서
넉넉한 웃음 다시 찾았습니다.

얼굴은 탐스러운 모습이고
입가에는 향긋한 미소
두 뺨에 볼우물이 약간 패였습니다.

자연의 섭리에 순응하여 사는
순박한 사람의 삶의 향내는
어쩌면 똑같이 닮을 수 있지 않을는지요?

한동안 닫혀있던 가슴속이
미처 열리지 못하였어도
마음만큼은 맑고 고운 향기를
되찾았으면 좋겠습니다.

매화(梅花) / 임재화

북풍한설에서도
오직 인내로서 꽃을 피우고
설중매 향기를 잃지 않았습니다.

한겨울 피는 매화는
오히려 매서운 추위 견디었기에
그 향기 더욱 진하고

임과의 고운 우정은
술 익는 향기처럼 농익었으니
더욱더 그 향기 그윽하다.

진심으로 교감하는
설중매의 맑은 기운과 향기
오롯이 내 마음에 가득합니다.

너와 나의 마음 / 임재화

너와 나의 마음에
고요한 맑음을 가득 채워서
오롯이 순수한 기운을 나누고

우리 함께 우정을 나누는
도반이 되어보자고
붉은 단풍에 새겨 놓았다.

우리라는 마음에
아름다운 인간애를 가득 채우고
서로서로 마음 문을 활짝 열어놓아
고운 삶의 향기를 풍기어보자

이 세상에 태어난 것은
내 마음으로
선택한 것 아니었지만

이 세상을 살아가는 것은
오직 내 마음이 흰 백지에
그리는 그림처럼

어떻게 하든지
내가 선택하고 내 마음먹기에
달려 있다오

좋은 만남 / 임재화

좋은 만남과 우정
우리는 좋은 만남이라고
부를 수 있을는지요?

만남은 억지로는 될 수 없고
오랜 세월 동안 인연이 있어서
우연히 만날 수 있게 되는 것

좋은 만남은 노력 하나 없이
바란다고 얻어질 수 있나요
그냥 어느 날 조용히 찾아오는 것

언제나 그대를 생각만 해도
가슴이 두근대는 것을 알게 될 때
하늘의 인연이 맺어준 것이겠지요

좋은 만남은 아름답고 순수하니
깊은 산 옹달샘 물처럼 깨끗하며
솔바람 맑은 기운과 같을는지요

인적 하나 없는 깊은 산중에서
한 송이 오롯이 피어난 난초 꽃은
아무도 보아주는 이 하나 없어도

때가 되면 스스로 향기를 내뿜고
맑고 순수한 인품의 향기는
글 한 줄만으로도 향기로워라

우리의 우정도 이와 같아서
그냥 글 한 줄 말 한마디에도
괜스레 서로 마음이 통합니다.

좋은 만남은 때가 되면 절로
좋은 우정으로 인연 이루어지고
인품의 향기 온 누리에 풍깁니다.

437

흐르는 강물처럼 / 임재화

하루를 마감하는 이 시간
조용히 나 홀로 정좌하고 앉아서
지난 세월 돌이켜 생각하면

너무나 철없던 시절부터
가슴속 깊은 곳에 꼭꼭 숨겨놓았던
이런저런 사연 정말로 많았건만

아무리 매서운 찬바람 불어와
강추위에 꽁꽁 얼음이 얼더라도
얼음장 밑에서 말없이 흐르는 강물처럼

인생이란, 그냥 흐르는 세월에 맡기고
날마다 순리대로 살아가면 된다는 것을
조금은 깨우쳐 느끼고 있구나

언제나 조용히 흐르는 강물처럼
세월의 흐름 속에 맡겨놓고서
내 마음, 강물 따라서 함께 흘러가리라

시인 **장계숙** 편

♪ **시낭송** QR 코드
제　목 : 핸드폰
시낭송 : 박영애

시작노트

삶이 힘겨워 소리를 낼 때
의지할 수 있는 건
오직 자신의 영혼뿐이다.
고통을 응시하고 파헤쳐
하나의 정신을 확립해도
고뇌의 흔적 이면엔
버려진 미련이 잡음을 토한다.
웅성거림에 숨 막히고
고통이 머릿속으로 번질 때
마음의 소리를 덜어내
지면 위에 옮기고 나면
거짓말처럼 머리는 가볍고
갈등의 소리도 사라진다.

죽음 / 장계숙

날카로운 지성도
오롯이 꼼짝할 수 없는 날.
사는 일이 능력이었던 순간.
인간 혼은 미래를 보지 못한다.

혼자 가는 길.
삶은
노래고
고통이고
하늘이다.

하여
죽음이 보이면
날개 없이도 난다.

강가에 서면 / 장계숙

강가에 서면
마음이 흐른다.
삶의 찌꺼기가 수면 위로 떠오르고
쓸리고 쓸려 떠내려가고 나면
가슴속에 고요가 들어앉는다.

바라보는 동안
시간을 거스르고 세월을 돌고 돌아
꿈꾸듯 찾아간 푸르른 날들.
고르게 다듬어진 물결 사이로
마음을 타고 기어오르면
유령처럼 마주한 두 눈에
아리고 아린 청태가 끼어 있다.

치매 / 장계숙

삶의 그늘이 짙어져
어둠 속에서 길을 잃었다.
간혹 불빛이 깜박여도
의미 없는 시선일 뿐.

한때는 햇살이 되어
알맹이를 모두 내어 주고
토막 난 기억의 상처는
빈 허공을 저으며
마음을 내던진다.

생의 미련은
고통을 지우며
세월을 무참히 불사르고
세상 밖에서 웃고 있다.

핸드폰 / 장계숙

이건 분명 퇴보다.
인간의 뇌가
바코드를 달고
손바닥에 붙었다.

이것만 있으면
손가락 하나로 세상을 훑는다.
메모리용량이 커질수록
인간의 뇌는 그만큼 위축된다.

연필의 무게를 잃어버린
문명의 진화는
인간의 뇌를 비우고
반드시 돈을 요구한다.

외톨이 / 장계숙

유희의 명암에 낯선
외톨이.
그 뭉툭한 외로움.

하루를
깃대처럼
뾰족하게 내밀어도

일만 하던 청춘은
그래서
혼자다.

일본의 이면 / 장계숙

집착에 목을 맨 망령들이 들썩인다.
갑옷은 녹슬고
몸은 근질거린다.
대륙을 향한 근성이 되살아나
폭식하던 악습이
그 기질을 버리지 못해
도덕적 변이가 시작되었다.

기묘한 역사관이
야만의 그림자를 더듬어
변신하며
스스로 부과한 임무에
핏줄이 섰다.

심장과 두뇌가 빠르게 움직이고
그때의 기준을 살려 내
쇠퇴의 기운을 저지하려는 야욕.
그러나
야만의 시대는 돌이킬 수 없다.

일탈의 꿈 / 장계숙

마음은 이미 떠내려와
낯선 하루가 요동치며 들뜨기 시작했다.
은근한 미소와 조용한 침묵으로
성스러운 양심을 위장하고
일상의 신비를 확대해줄
가슴 떨리는 신비를 바라보고 있다.

달콤하고 뭉클한 감각이 찾아오고
힘과 활력이 폭발하는 동안
무겁고 견고한 오랜 습관은
진실을 얕보지 못하도록 날을 세우고
시끄러운 소란을 일격에 제압한다.

감각은 골칫덩이로 전락하고
마음은 수치심으로 숨어 버렸다.
날마다
꿈꾸던 사랑은
신비의 문턱에서 발을 멈추고
무제한 배척을 당하고 있다.

고흐의 '까마귀 나는 밀밭' / 장계숙

그림 속 곧은길을
눈으로 서성이다
나도 모르게 걸어 들어가
휘어진 영혼에
함께 붓을 그었다.

죽음과 함께 보던
까마귀 날던 노란 들판.
마주친 눈빛은
나를 향해 방아쇠를 당기고
서럽게 침몰하던
그 암울한 진실.

고통은 영원히 살아
거친 물감 마디마디
그 꿈이 꿈틀댄다.

악몽 / 장계숙

볼 수 없는 형상이
나를 눌러
어둠 속에 쓰러뜨리고

막막하고 무한한 하중이
밤새도록
까닭 없이 뒤를 쫓았다.

떨림의 순간
무서움에도 파란 싹이 돋아
아마도
사무치던 그리움이었나.

비 / 장계숙

힘겹게 끌고 온 초라한 나날.
비는 내리고
이따금 바람이 빗물을 가로질러
맘은 물속의 고원을 걷는다.

기억의 저편에 눈망울이 살아
공간을 뚫고
암호처럼
빗줄기를 통과한다.

밤새도록 퍼부어도
쌓이지 않고
금방 그리워질 하루가
쓸쓸히 떠내려간다.

시인 **전영금** 편

♪ **시낭송 QR 코드**
제　목 : 나비 영토
시낭송 : 박순애

시 <봄 꿈> 중에서

쪽빛 하늘을 머리에 인
이마가 하얀 도봉산 기슭
야트막한 동네에 봄 햇살이 쌓이면
포롱 포르롱 참새떼 쨱쨱
낮잠 자던 봄바람도 즐겁다

거짓말 못 하는
참나무 꼭대기엔
산 까치 분주히 날아들면
눈 녹은 계곡 물소리 상쾌한 아침

전영금 시집
꽃의 소리

의좋은 형제 / 전영금

술 한 잔만 있어도
작은아버지 모시고 오너라

그럴 때마다
다리를 쩔뚝이며 사립문을 제치고
하얀 웃음 지으시는 작은아버지

술상 앞에 마주 앉아
형님 먼저 아우 먼저 정담을 나누시는
내내 웃음이 끊이질 않았다

소문난 형제로
아버지는 조용한 성품을 지니셨고
작은아버지는 우스갯소리를 잘하시는
입담이 좋으신 분이셨다

젊은 날 군대 가셨다가
다리에 총상을 입어
그리되셨다는 작은아버지는

평생 죄인 된 형님에게
이것은 나의 타고난 팔자라며
형님 우리 이렇게 삽시다

형님 먼저 아우 먼저
한잔 술에 눈물 나는 의좋은 형제의
기막힌 삶의 이야기를 들은
새벽달은 소리 없이 울고 있었다.

들국화 / 전영금

억년을
이어온 겨울의 문턱에
옷매무새 다소 곳 웃고 있는
들국화여

된서리
흠뻑 맞고도 생기 더한
가상한 절개는

무서리
호된 서릿발 앞에
우리 강산을 지키려는
마지막 가을꽃이여.

봄 꿈 / 전영금

쪽빛 하늘을 머리에 인
이마가 하얀 도봉산 기슭
야트막한 동네에 봄 햇살이 쌓이면
포롱 포르롱 참새떼 짹짹
낮잠 자던 봄바람도 즐겁다

거짓말 못 하는
참나무 꼭대기엔
산 까치 분주히 날아들면
눈 녹은 계곡 물소리 상쾌한 아침

인정이 옹기종기
모여 사는 하얀 동네
정이월 다 가고 삼월의 길목에
빈 밭을 서성이는 등 굽은 할머니
올가을 풍년 꿈은 꾸셨는지요.

중랑천의 봄 / 전영금

징검다리 사이로
졸졸졸 정겨운 여행길
돌돌돌 구르는 상쾌한 맑은 물소리에
겨우내 숨어 울던-
봄바람의 청조한 웃음

중랑천 물가로
봄 소풍 온 오리가족
동동동 발 구르는 아기 오리들
숨바꼭질 한나절
요번엔 엄마가 술래란다
꼭꼭 숨어라 .

작은 우주 / 전영금

버려진
비닐봉지 속에
노오란 새싹
고사리 손이 보인다

누군가
먹다 버린 미나리 뿌리
게으른 발자취가 남긴
생명의 몸부림이다

그 생명이
이 우주를 꿈꿀 수 있을까?
지나가는
내 발길에 태클을 건다
방생하고 가라고.

낙엽 지는 은혜 / 전영금

한 시절
푸른 권좌(權座)에 앉아
산을 흔들던 붉은 낙엽
가는 세월을 어찌 미워하랴

한생을–
어둠의 땅에 묻으며
사라지는 낙엽에 대하여
어느 누구도
슬프다 하지 않는 이유는

오늘의 허리춤을
끓어 안고 오는 내일에게
권좌(權座)를 내어 주는 것

그것은
오늘보다 나은 내일의
봄이 오는 까닭입니다.

선재섬 이야기 / 전영금

무지갯빛보다 더 하늘 고운 날
갈매기 분주히 떴다 잠기는 잔잔한 바다
그 위에 떠 있는 조각배 한가롭다

물 빠지면 건너가는 선재 섬은
조수간만의 차가 심한 서해안의 풍경
썰물 때만 통행이 가능한 유인 섬
물 빠지면 자갈길도 열린다

갯벌을 막아선 그물은
바람과 물을 잡으려는 어리석은 몸부림
가끔 보이는 펜션으로 가는 길에
전봇대에 설치된 선재로 95번 푯대가
말없이 우리를 반긴다

배로 한 바퀴 돌아주겠다는
실향민이 털어놓는 넋두리는
이곳에 터 잡은 지 40년의 세월
이마의 잔주름이 세월이었네

소금 바람 하얗게 불어오는
바다 낚시터에 금방 잡은 망둥어가
날 잡아 봐라. 달아나는 하얀 웃음
선재섬의 이야기에
우리 모두 배꼽 잡고 깔깔깔 웃었다.

457

장미꽃 사랑 / 전영금

장미꽃
그 얼굴 시들지 않고

장미꽃
그 입술 마르지 않으니

내 사랑
그 맥은 언제 까지나

그렇게 불타게
타오를 것이다.

코스모스 / 전영금

가을바람에
가냘픈 허리 파리한 얼굴
새벽바람 찬 이슬에
눈물 그렁그렁 맺히도록
울었나 보네

어쩐지
간밤에 귀뚜라미 울음소리가
유난히도
목에 가시를 품었더라니.

나비 영토(領土) / 전영금

화(花)자야
사랑하는 화(花)자야
나는 너만을 사랑하리니
너는 나에게로 와서
한 송이 꽃으로 피어라

나는 그 향기에 취해
너울너울 춤을 추고
사랑 노래 부르며 놀다가
노을빛 강산에
단풍잎 곱다 손짓하면은

화(花)자야
사랑하는 화(花)자야
나는 너에게로 가서
아름다운 우리 강산에
한 알의 열매가 되리라.

시인 정병근 편

🎵 **시낭송 QR 코드**
제　목 : 꽃뱀에게 물렸다
시낭송 : 김지원

시작노트

한 계단 한 계단씩
오르지 않으면
저 산꼭대기에
올라갈 수가 없듯…

씨앗이 싹이 트고
뿌리가 자라서
양분을 먹은 후에야
꽃이 피는 과정을 본다

편지 / 정병근

도망치듯 살아온 인생
주름진 하얀 얼굴에
거무스름한 반점
앉아서 밤을   고 있는 나에게
보름달이 다가와
내 그림자에 윤회를 쓴다

밤하늘에 박힌 별은
영롱한 보석처럼 반짝이고
내 슬픔 내 아픔
하룻날 모든 것 뒤로 미룬 체
가족에게 편지를 쓴다
굳이 유서랄 것도 없지만.

평안의 도시 / 정병근

황룡강 강변에 팔딱대는
잉어떼를 본 적이 있는가

늘어진 버들 잎파랑이 햇빛을 머금어
푸름을 빛내고
돌 틈 사이사이 유구히 흐르는
수백 년 역사
샛강 줄기는 추억을 엮어낸다

어등산 등허리 돌고 돌아 다다른
백 년의 꽃대는
황룡강의 섬 송산 유원지로 향한다

이방인처럼 지나가는 나그네
강은 어등산이 감싸 안고
섬은 황룡강이 감싸 안는다

검게 줄긋고 지나가는 저
잉어떼를 보라
정말 한가롭지 않은가
수공평장(垂拱平章) 에 파묻혀
수백 년의 사연을 담는다.

꽃뱀에게 물렸다 / 정병근

몸을 움츠리는 여인을 보았다

밭도랑에 허연 박 두 덩이
나란히 있는 것을 빤히 쳐다본다
내 심장의 커튼을 조르르 닫으면서
여인이 벌떡 일어선다

서로 얼굴을 쳐다보고
씩 웃는다

꽃뱀이였으면 좋겠다
모른 척하고 지나가면서
속에서는 꽃뱀아 물어라
어서 물어라. 아가리로 물어뜯어라
내 목을 물어뜯어라

아무 반응이 없다 허황(虛荒)하다

뒤를 돌아본 순간
나는 이미 물렸음을 안다
가지와 아기 호박을 내게 건네준다

나는 꽃뱀에게 물리고
독이 얼굴로 퍼져 빨개진다.

소싯적에 / 정병근

독서 중에
귀뚜라미 한 마리가
책갈피에 앉았다가 튄다
음마야
여보!
귀뚜라미가 나타났다
저기 벽에 붙어있네
찰싹!!
눈이 휘둥그레진다
살려서 밖으로 보내주지
그런다고 그걸 죽이세요?
당신이 잡아 봐요 그게 잡히나
무슨 남자가 곤충 한 마리에
화들짝 놀래긴

소싯적에 난
뱀을 발로 밟고
꼴른지(꼬리) 잡고
빙글빙글 돌려 저 멀리 던진 적도 있다
이제
아내의 눈이 휘둥그레진다
당신이
말도 안 된다는 표정을 짓고.

앉아 쏴 / 정병근

그렇다고 졸지에 아들 취급 받는 건
체면이 안 선다
우리 집안에 말을 듣지 않는 아들이
셋 이란다 나를 포함해서
지금까지 화약고가 한군데 더 늘어난 셈이다
커피를 타기 위해 양재기에
물을 끓이다가 태운 적이 있다
그 후로는 감히 얼씬도 못하는 주방

느닷없이 화장실 화약고에서
폭발 한다 펑~ 펑~
"둘째 너 이리 와봐"
너가 변기통에 시트 안올리고 오줌 쌌냐?
아니라고 싹 잡아뗀다
그럼 큰아들 너가 그런 거냐?
그놈도 화장실 근처도 안 갔다고 능청을 떤다
비겁한 놈 분명히 한 시간 전쯤
말 오줌 싸는 소릴 들었건만

이제 내 차례다 부르지도 않고
따다 다다 따발총을 쏜다
포위망이 내게로 점점 좁혀 온다
제대로 할 줄 아는 것이 하나도 없다느니
질질 흘리고 다닌다느니
아내가 진짜로 두 자식 앞에서 내 자존심을
구기적 구기적 구겨 놓는다
군대서 백발백중 명사수였다면서
뻥 깠나 보지

범인은 확실하게 확정을 짓고 하는 소리렷다
그래 모든 걸 내가 뒤집어쓰자
자존 없는 남자가 되자
오늘부터 앉아 쏴 백발백중 하고
확인 또 확인 한다 사워하고도
머리카락 하나까지 증거를 없애고 나온다
머지않아 범인은 잡혀도
앉아 쏴를 강요 할 수는 없다
그에게도 장차 종족 유지 본능이 있다.

가을. 가을 하다 / 정병근

콕콕 콕콕 콕콕
닭이 모이를 쪼아 먹는다

구구 구구구 구국
소풍 나온 지렁이
비둘기가 위험하다

짹짹 짹짹짹 짹짹
참새가 벼를 쪼아 먹는다

푸득 푸드득 푸득
메뚜기가 참새를 위협한다

톡톡 톡톡톡 톡톡
통통 튀는 콩알은
햇살과 뽀뽀하기 바쁘다.

해탈 / 정병근

바위를 훑고 나무를 싸안아
세월의 더께를 만들고
온몸을 붉게 물들라며
낙엽. 그가
해탈을 꿈꾼다

푸른 나뭇잎 그대로라면
이룰 수 없는 구도자
햇빛 아래서
달빛 아래서
지며리* 승겁들다*

드디어 깨달았구나
윤회의 고리에서 벗어나라
자유로운 상태에서 맘껏 뒹굴어라

해탈했으니 부처가 됐음이라.

지며리 : 차분하고 꾸준한 모양 / 승겁들다 : 힘 안들이고 저절로 이룬다.

입에서 뱀 나올 소리 / 정병근

외할머니
막내 이모는 강아지를 샀는데 정말 예뻐
같이 잠도 자고 정말 좋겠다

개하고 잠을 잔다고?
월자 걔는 시집도 안가고 개하고 산댜

개하고 뽀뽀 한다고
입에서 뱀 나올 소리

뭐 개가 주먹만 하다고
그것이 몇 그릇 이나 된다고 키운다냐
느그 할배 몸이 쇠약 해지믄 개 키워서
잡아먹고 그랬재
한 열 마리쯤 잡아 먹었을겨

개 짓는 소리가 무섭쟈
도회지 에서 살다가
개가 짖어싼께 무섭재
저것도 느그할배가 모레쯤 잡아먹을꺼구먼

몇 달 전에 황구는 얼매나 맛있었다고
백구는 괘기가 달짝지근 했재

"외할머니 나 할아버지하고 잘래"

"할머니 무서워요"

은서 애가 왜이랴
니는 할머니하고 자야혀 여자닌께

469

꿈속에서라도 / 정병근

사랑 하나 물어와 건네주고
살짝 사라지더니
내 안에 그 속에는
모형 모델로 사생(寫生)되어
사방을 칸막이로 경리 시킨다
심장이 온통 네게로 가득하여
숨을 쉴 수가 없다
아무것도 위안하지 않고
보고 싶다는 생각에
온몸이 뜨거워진다

기다리지 말걸 그랬다
네가 내게 쪽지 건네줄 때
찢어 발겨 버릴 걸
그대 단 한 번이라도 내게 오면
으깨지도록 꼭 껴안아 줄 텐데
쪽지 속에 안드로메다
사거리 빵집에서 만나자고 했지?
그곳에서 기다릴게
꿈속에서라도…….

고귀한 삶 / 정병근

나이 든 사람이
어제 말하기를
노인이라면
서서히(徐徐_)
죽을 준비를 해야 한다니
지금까지
의로운 일에 참여도 못 해 봤거늘

그 말이 이해는 가나 시간이 없다
꼭, 준비가 되라 하면
내놓기를 싫어해서
내놓기를 싫어해서
자꾸자꾸
죽으란 소리 보다 더 무섭다

하지만
어제의 얘기가
심증은 가나 물증은 없다
지금이라도 아무도 모르게
시체 놀이라도 해 보자
어느 날 자정에 잠자는 듯이.

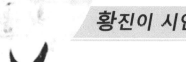

소세양 판서를 보내며

황진이

月下梧桐盡(월하오동진)　　달빛 아래 오동잎 모두 지고
霜中野菊黃(설중야국황)　　서리 맞은 들국화는 노랗게 피었구나.
樓高天一尺(누고천일척)　　누각은 높아 하늘에 닿고
人醉酒千觴(인취주천상)　　오가는 술잔은 취하여도 끝이 없네.
流水和琴冷(유수화금랭)　　흐르는 물은 거문고와 같이 차고
梅花入笛香(매화입적향)　　매화는 피리에 서려 향기로워라
明朝相別後(명조상별후)　　내일 아침 님 보내고 나면
情與碧波長(정여벽파장)　　사무치는 정 물결처럼 끝이 없으리

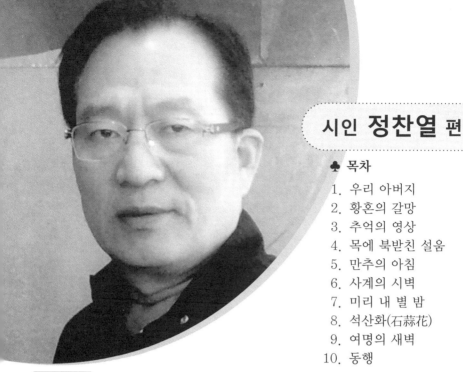

시인 정찬열 편

♣ 목차

🎵 시낭송 QR 코드

제 목 : 황혼의 갈망
시낭송 : 박영애

프로필

1993년 전남대학교 산업대학원 제5기 수료 (1992~1993)
(사)창작문학예술인협의회 정회원(2013~2015)
(현)창작문학예술인협의회 대한문인협회 사무국장(2015년)
대한창작문예대학 제5기 수료 "금상 수상" (2015.06.20.)
(현)대한문인협회 전남광주지회 정회원(2014~2015)
(현)문예창작지도사 자격증 취득
1992년10월 전남대학교 산업대학원 북유럽 5개국 여행기 출간 (공유 출판)
2013년 08월 대한문학세계 시 부문 등단
          11월 대한문인협회 금주의 시 당선
          12월 대한문학세계 수필 부문 등단 / 대한문인협회 올해의 시인상 수상
2014년 01월 명인명시 특선시인선 선정
          08월 대한문인협회 8월의 우수시 선정
          12월 광주학생교육문화회관 2014년도서관 작가수업 수료
          12월 대한문인협회 2014년 문학 공로상 수상
2015년 01월 현대시를 대표하는 특선시인선 선정
          03월 대한문학세계 봄호 우수 수필작 "우정을 담은 겨울바다낚시"
          04월 특별초대 시인 시화 작품집 "유화에 시의 영혼을 담다"
          06월 대한창작문예대학 졸업 작품집 "우리들의 여백"
          06월 대한문인협회 한줄시 공모 "꽃비" 장려상 수상
          09월 대한문인협회 순우리말 시 장려상 수상

정찬열 시인

우리 아버지 / 정찬열

새벽이면 일찍 일어나
삽을 들고 들로 나시고
틈만 나면 무텅이 만들고
부지런히 남새밭을 일구신다.

감꽃, 밤꽃 피어난 향기에
아카시아 향기가 날릴 때면
실록은 우거져 계절은 변하지만
벚꽃놀이 진달래꽃 구경보다
뒷산 꽃동산이 좋다 시단다.

김치 안주에 막걸리 한 병
온종일 해묵은 땅과 시름 하시고
기분이 좋으셔 즐거움이라도 나시면
큰아들이 사다 주신 장단 없는 북을 치며
홀로 가락 흥이 나서 누림만을 즐기신다.

일곱 자녀 잘되기를
땅을 파며 빌고 비시던 아버지
술을 적게 드시라는 아들딸에게
술을 먹지 못한 그 날 그때가
한뉘 끝이라던 그때 우리 아버지

남새밭=채소밭. 채전 / 밤느정이=밤꽃 / 누림=인생의 참된 즐거움
무텅이=거친 땅에 논밭을 이루어서 곡식을 심는 일 / 한뉘=한평생

황혼의 갈망 / 정찬열

나이테가 늘어나니
속절없이 늘어나는 주름살
수없는 희로애락 걸머지고
살아왔던 인고의 자국이다

67세의 미소가 남긴 자리
인생 계급장을 만들어 놓고
오욕의 욕심에 시달리고 나서
어쩌다 악령에 붙들린 상처는

안면 구석진 죽음의 전령
사람들은 동안이라지만
암자색 검버섯만 사랑으로 피어서
계단만 오르려도 힘에 부친 휘파람

황혼의 인생길이
장애라는 상흔(傷痕)은 달고 살지만
황소걸음 징검다리 굼뜬 끝자락
한 점 부끄럼 없는 노년이 되고 싶다.

추억의 영상 / 정찬열

썰매 타고
연날리기하던 시절
철없던 그 시절 그리움으로 다가오고
시래기죽 호박죽 끓여 먹던 그 시절
찐 고구마에 물김치가 제격이었지

나날마다
짚단을 메로 쳐서
호롱불 아래 새끼 꼬던 그 시절
편안했던 기억도 전혀 아닌데
그때 시절이 왜 그리 그리워질까?

세월은
가고 변해도
늙지도 않는 그리움 속에는
논둑 산길 십 리 걸어 다니던 학교길
지금은 추억에만 남은 자취도 없는 길

육십도
중도를 넘어선 갈림길에서
마음은 늙지 않은 그리움 영상은
한 줄 한 줄 엮어지는 세월 속에
지금도 그 퍼즐 속에서 여전히 헤매고 있다.

목에 북받친 설움 / 정찬열

서대전역 열차 타는 홈
아직 무궁화호 열차가 오지 않는다.
손에 들린 미닛 메이드 음료수 하나
음료수를 먹으려니 병마개가 딸 수 없다.
주위를 둘러봐도 마땅치 않아
홈 저쪽 젊은 남녀가 눈에 든다.
20여 보 접근하여 이것 좀. 하려 하니

아뿔싸,
금방 두 남녀가 갑자기
껴안으며 뽀뽀를 한다. 주위는 아랑곳없이
민망스런 내민 팔이 갈팡질팡
그들의 사랑을 눈치도 채지 못함에
민망함에 그냥 못 본 척 뒤돌아서 온다.

에스컬레이터에서
내려오는 학생에게
저 좀 미안한데, 이것 좀 따주실래요
몇 번을 힘을 쓰다가 그냥 돌려준다.
또 다른 젊은이한테 반복한 사정
힘껏 돌린 끝에 병마개를 따준다

한쪽 팔을
쓰지 못하는 장애의 설움
입안으로 넘어가든 음료수가
목구멍에 걸린 것도 아닌데
나도 모르게 눈물이 길을 잃었나 보다.

미닛 메이드= 병마개가 쇠로된 음료 류

만추의 아침 / 정찬열

구름 한 점 없는
창밖에 동공 속 하늘
금빛 비행기가 소리 없이 떠가며
동녘에 뜨는 햇빛을 반사한다.

찬바람이 싫어진 새벽.
으스스 살 쐐기가 일어난다.
전해지는 차가운 한기가
온몸으로 퍼진다. 전율하며…!

지금쯤
황금벌판 들녘은
부지런한 농부들의 가을 추수로
사료 단만 널브러진 들판에 쌓여 간다.

추억 속에
황톳길 가에는
빙설이 된 콩나물 솟아오른 곳
발자국 뽀드득 남기고 지나간다.

길가엔
노랗게 물들어진 은행잎
한여름 녹음을 채색한 활엽수들
외로운 낙엽으로 한잎 두잎 뿌리고

굳게 닫힌
창문 밖에 지금.
나뭇잎 떨어진 쓸쓸한 새벽녘
국화꽃 향기 뿌려 깊어진 가을에
아침 찬 서리 외로워서 까치가 울어댄다.

사계의 시벽 / 정찬열

봄바람이 언 땅을 녹여
굳어버린 마음마저 설레어놓고
망울 터져 피어나는 벚꽃은
해묵은 아낙까지 산과 들로 유혹하고
재넘이 봄의 화신이 되었지

허리 안개 갈 곳 잃어
깊은 햇발 토해 내는 여름날
황량한 들판에도 푸른 파도를 만들고
넓은 바다와 계곡 숲과 들판이
시인의 흘린 땀은 마중물 된다.

배롱나무 붉은 피 토한 후
국화꽃 향기 피는 은솔 바람에
옥구슬 대롱대롱 풀잎에 맺혀
망울망울 흘린 이슬 알알이 맺히는데
오색단풍 만개 하면 찬 서리가 시샘하고

천공에 바람 가듯 세월은 깊어지니
황량한 들판에 외로운 나그네 되어
소복단장 설한풍에 쓸쓸한 벌판에선
화선지 펼쳐 놓은 화백 마음 같으랴!

강물처럼 흐르는
사계절의 추억을 모아
붙들린 세월을 낚아서 담아보는
계절을 호흡하는 붓-방아 시벽(詩癖)

재넘이 : 산으로부터 내려오는 바람. 산풍 / 허리 안개 : 산중턱을 둘러싼 안개
은솔 : 은근히 솔솔 부는 바람 / 시벽(詩癖) : 시 짓기 좋아하는 버릇
붓방아 : 글을 쓸 때 생각이 미처 나지 않아 붓대만 놀리고 있는 짓

미리 내 별 밤 / 정찬열

오락가락
소낙비가
한바탕 무더위를 쓸어 간다.
무더위가 기승을 부리며 굴면
느리게 여름을 비 마중을 하며
멈칫하며 내리는 비 부여안고 싶다.

매지 구름은
하늘을 방황하고
괴괴하고 고요한 시골집에는
떠돌이 나그네들이 쉬어도 가는
갈맷빛 시원한 그늘 숲 속에서   칠월의 밤은
억척 대며 울어대는 말매미 소리   반딧불이 너울대고
                                      모깃불 연기 속에 산골 마을의 추억은
깊어진 여름   마당에 멍석 깔고 온 식구 여름밤의 지나간 일들
장맛비 물러나고
무덥던 칠월도 저물어지면   해넘이 맑은
여우비 가끔 기를 쓰는 계절에   저녁이 오면. 아!
옛 추억이 시나브로 밀려오더라.   칠월의 초이렛날에 밤
                                      별들의 속삭임은 미리 내 별 밤인 것을.

매지 구름 : 비를 머금은 검은 조각구름 / 여우비 : 햇볕 쨍쨍 한 날에 잠깐 내리는 비
시나브로 : 모르는 사이에 조금 씩 조금씩
멍석: 짚으로 새끼 날을 싸서 두껍게 엮은 큰 깔개 / 미리 내: 은하수 의 우리말

석산화(石蒜花) / 정찬열

여름 지난 그늘숲에
솟아오른 푸른 꽃대는
추(秋)구월 중순에 한 뼘쯤 솟아
이불을 박차고 피어난 꽃망울은
한 개의 암술에 여섯 개의 수술이
붉게 탄 화관으로 아름답게 피어나

자지러진 한여름
무더위에 지친 그늘숲에서
몇 날을 기다리다 그리움에 지쳐
애달프게 꽃잎, 요정(了定)을 하고
꽃은 피우고도 열매를 맺지 못한 채
아쉬움에 애절함이 시월에는 발(發)한다.

초록 칼 잎 당당하게 솟아나
하얀 이부자리 엄동에도 지새우고
유월의 상사병에 요절(夭折)로 떠났구나.
십 년이 가도 백 년이 가도 만나지 못한 사랑
화 엽 불상견(花葉 不相見)애타는 그리움
이 가을에도 애달파 붉게 물든 석산화(石蒜花)

석산화(石蒜花)=일명 상사화

여명의 새벽 / 정찬열

이른 새벽
고층 아파트 아래
깨어나지 않은 자동차들
주인 따라 모두 잠들어 있다.

사물의 명암과 윤곽이
어둠 속에 묻혀버린 여명이다.
아! 육 육이 두 맞은 새벽에 만추
사십여 년 만에 느껴보는 상큼한 새벽

머리카락 성글어지고
오랜만에 만나보는 새벽 별
시월도 고별하는 오경에
북두칠성이 선하게 눈에 감돈다.

어릴 적
멍석에 누어 헤아린 별들
반딧불 날아 놀던 청명한 별 밤
그때 보든 별들은 그대로인데

야속한 세월 속에
이 가슴에 파고드는 건
무수한 저 별 그리움 되어
하얀 추억만이 만감으로 포개져 온다.

동행 / 정찬열

부부라는 인연을
맺은 사랑의 동행자
형체 없는 사랑 속에 질곡의 40년
가정이라는 틀을 지켜 내기 위해
인생의 중반전을 허겁지겁 달려왔네.

부부는 자녀의
행복을 위한 안내자
일남 이녀의 아들딸을 낳아서
부모의 정과 사랑으로 키워낸 자식
아직 미혼인 막내딸 걱정은 남아 있고

부부는 생과 사를
같이하려 만난 동행자
내 나이 어언 삼 년 후면 고희가 되고
아내는 진갑의 나이에 접어들었다.
어느 한 사람 만 아파도 어려워지는

부부는 인생과
가정을 위한 동행자
살다 보면 근심고통이 누구나 따르는 것
서로의 아픔을 사랑으로 보듬고 책임지며
원앙새처럼 살아가야 하는 족쇄에 얽힌 동반자

시인 정태중 편

♣ 목차

♪ 시낭송 QR 코드
제 목 : 푸른 안개
시낭송 : 이예주

시 <기다리는 마음> 중에서

그대가 오는 줄 알았습니다
보름달 빛 사이로
사뿐히 오실 줄 알았습니다

가느다란 달빛과 여명의 곡점에 서성이며
끝내 못 오시는 그대를 기다리는 새벽은
바보의 눈물뿐입니다

그대 언제쯤 오실런지요
아직 동토(凍土)의 벽을 허물지 못하고
애끓는 마음만 젖어 있습니다

484

그녀가 사는 집 / 정태중

산골에도 가을이 왔습니다
온통 붉어진 숲 속을 걷다 보면
나뭇잎 하나, 하나마다
질긴 사연들이 새겨져 있습니다

다람쥐가 지나간
도토리나무에 갈색 사연이 흔들리듯
그녀가 지나간
단풍나무에는 붉은 사연이 흔들립니다

산등성 타고 온 갈바람은
잡아 둘 새 없이 사그라지고
어느 순간 낙엽만이 흩날리는
길모퉁이 따스한 햇볕 한줌 이야기

가을이 가는 길목에 그녀가 있고
아직 넘지 못한 바람이거들랑
대문 활짝 열어두었으니
오라고 손짓하는 그녀가 살고 있는 집

해가 떠오르고 지기까지
해남 어느 땅끝마을에는
그녀가 그녀를 데리고 살고 있다
가을을 덧칠하고, 그리면서…….

기다리는 마음 / 정태중

그대가 오는 줄 알았습니다
보름달 빛 사이로
사뿐히 오실 줄 알았습니다

가느다란 달빛과 여명의 곡점에 서성이며
끝내 못 오시는 그대를 기다리는 새벽은
바보의 눈물뿐입니다

그대 언제쯤 오실런지요
아직 동토(凍土)의 벽을 허물지 못하고
애끓는 마음만 젖어 있습니다

하루만, 오늘 하루가 지나면
그대 따사로움으로 오실런지요
바람은 고요한데 나무는 흔들립니다

소문 / 정태중

여보게
어쩌자고
배밭에서 갓끈을 매었는가?

빈 가지 꽃 피려면
달포는 더 지나야 하고
꿀맛 보려거든
두 계절은 족히 지나야 할 터인데

돌아보게
꽃순도 올라오지 않는 가지에
남겨둔 까치밥 떨어질까 부산떠는 것을

사람의 말에 날개가 있고
발이 있을 리 만무하지만
새에게는 날개와 눈이 있잖은가

여보게 꽃이 피면 꽃만 보고
열매가 열면 행복으로 바라보는
바람의 전도사는 어떠한가

우물에 꽃잎 떨어지는 것을 보게나
작은 무게에도 일렁이고 흔들리는데
우물 속에 갓끈 맨 얼굴 비추이겠는가?

487

푸른 안개 / 정태중

동트기 전부터
섬지기는 불빛을 잃었고
고요한 물결에
뱃고동만이 바람을 일으킨다

뭍으로 오는 여명의 끝에
갈매기의 젖은 날갯짓과
검은 타이어 목에 두른
뱃머리가 물길에 분주하다

바람 불어 너울 치는 정막의 섬들
비릿한 파도에 듬성듬성 깨어나지만
포말로 얼룩진 포구에는
희망의 닻을 내리지 못 했다

주검의 노래만 둥둥 떠가는 새벽
바다는 입을 다문 채
4월의 넋은 슬픈 파도가 되어 철썩이고
자욱한 안개만이 검은 바다를 건져 올렸다

목련이 지는 밤 / 정태중

하얀 얼굴 살포시
달빛에 눕고

바람에 뚝,
정체성 잃어버린 밤

님 오실까
꽃신 하나 놓았네

봄볕, 검은 스카프 두르고
사르르 잠이 들면

하얀 이불 홑청
먹빛으로 물드는 밤

꿈결에 살포시
꽃신 신고 님 오셨으면

성냥개비 / 정태중

라이터 틈바구니에서
뒹굴고 있는 자그만 성냥 통에는
여
섯 개의 낡은 성냥개비가 있었다

사용설명서도,
어디서 왔는지
주소도 없고
라이터 주변에서 천대받는

저녁 무렵
서서히 어둠이 몰려오고,
자동차 불빛이 켜지는 퇴근길
무심히 라디오 주파수 따라 지나는 소리

어디인지 모를 공장에서
화약이 폭발하여
노동자
여
섯이 죽었다 한다

님 생각 / 정태중

오뉴월 허기진 보릿고개
보리밥이 그리운 날이다

보리는 익어 하늘을 보고
도무지 굽힐 줄 모르던 가시처럼
덥다는 이유로 바가지 가득
맹물을 삼키시던 보리 같은 님

도리깨바람 허공 가르고
쭉정이 같은 날 지나
어느덧
보릿대 삭아 서러워

오늘, 님 생각에
보리 가시가 식도를 찌르고 있다

꽃이라서 좋다 / 정태중

먼저 핀 꽃이 일찍 지더라만
계절을 잊고서 피는 꽃도 있더라

계절에 얽매인 내가
너를 탓하려는 꾸짖음도
계절을 잊은 네가
나를 조롱한들 무슨 상관이랴

피어서 예쁘면 좋고
향기가 있으면 더 좋고
그냥 그대로 좋으면 되지

무당벌레 등위에도 꽃이 피고
가끔은 꽃도 팔랑이며 하늘 날더라

눈치 / 정태중

한
동
안
등 굽은
민물 새우를 보지 못 했다

통발에 떡밥을 넣고
몇 날이고 기다렸으나
당최 모습이 보이지 않는 것은
포악한 가물치가 씨알 채
삼켜 버린 것은 아닐까

둑 위
풀숲 시들하고
어린 오동잎이 석연찮은 것은
저수지 바닥 탓만은 아닐 테지

큰 거북 한 마리 사는 저수지에
비가 내리는 날이면
화석 같은 전설이 승천을 준비하고
어디선가 사르 사르르
발 동동 구르는 새우 한 마리

계절의 기차를 타고 / 정태중

나는 황혼으로 가는 기차를 탔네
아홉 칸 기차 맨 끝에
바람 가르는 소리 휘돌며
멀어지는 풍경의 아우성이 매달린
비명 같은 노을 속을 가슴에 묻고 가네

어쩌면 돌아오지 못할 터널을 지나
스치듯 지나버린 봄과 여름을 보내고
또 다른 새벽이 오고 있다는 것을 잊은 채
망각의 시간을 헤매고 있네

어디인지 모를 정서에 내려
어둠 뚫고 불어오는 쓸쓸한 바람에
내 인생의 흔적을 물으며
기차가 멀어진 텅 빈 철길 위를
터벅터벅 걸었네

마른 잎 하나 뒹구는 플랫폼
목적도 이유도 없이 왔던 길에 서서
유난히도 캄캄한 밤하늘의
반짝이는 별빛을 보네

어디쯤엔가 있을 나의 황혼
바다이든 강가이든 작다란 동산이든
노을이 은은히 물들고
야윈 가지에 서럽지 않게 물든
나뭇잎을 생각 하네

차카차카 기적을 울리며
열두 칸 기차가 플랫폼에 들어서면
기차 맨 끝에 서서 잊은 새벽을 품고 가겠네
찬란하게 빛날 여명의 순간을 맞이하려
해 뜨는 정동으로 나는 가야겠네

494

시인 **조위제** 편

♣ 목차

♪ 시낭송 QR 코드
제 목 : 동행
시낭송 : 박태임

프로필

경남 함안 출신
부산시청 공무원
건설회사 25년 근무
현) 자영업
대한문학세계 시 부문 등단
대한창작문예대학 졸업
문예창작지도자 자격 취득
(사)창작문학예술인협의회 이사
대한문인협회 대전충청지회 정회원
논산문인협회 정회원

수상
(사)창작문학예술인협의회 주관
　　　　　　　한국문학발전상
　　　　　　　한국문학 향토문학상
2012 8월 금주의 시 선정

조위제 시집
작은 감성의 조각들

2013 7월 이달의 시인 선정
2014 한 줄 시 짓기 공모전 동상
2012 전국시인대회 장려상
2011 명인명시 특선시인선 선정
2013 명인명시 특선시인선 선정

그 염원 통일 / 조위제

광복 칠십 년
분단 칠십 년
국토는 허리가 잘린 체
철조망으로 막아놓고
가고 싶어도 못 가고
보고 싶어도 못 본
피맺힌 한 서린 세월

이대로는
편히 눈감고 죽을 수가 있으랴

생면부지면 어떠냐.
우리는 한겨레 한민족인데
뜨거운 가슴으로
얼싸안고 춤추며
세계만방에 외치자
대한민국 통일 만세
목이 터지게 부르자
목이 터지게 부르자.

촛불 / 조위제

엄동설한 긴 겨울밤
창밖은 북풍한설이 울고 간다.
내 작은 방에 촛불 하나 켜놓고
애타는 그리움을 더듬는다.
문틈으로 들어오는 불청객에
문풍지가 파르르 운다.
흔들리던 촛불이 눈물이 주르륵
가슴 밑바닥에
잠자던 옛 추억을 깨워서
잠 못 드는 이 밤에
그리움을 켜고 앉았다.

조위제 시인

동행(문방사우) / 조위제

검은 비석 같은 먹이
물먹은 펑퍼짐한 벼루를 애무한다.
점 하나 없는 화선지에
붓이 춤을 추다가
목 타는 갈증을 참지 못하고
붓이 갈필에 주저앉아버렸다.
먹물 한 모금 벌컥 마시고
힘겨워 흐느적이던 춤사위가
성난 파도처럼 휘몰아친다.
함께 있어야 온전한 하나가 되는
숙명 같은 운명이
한 폭의 묵화를 그린다.

갈필(葛筆)=붓끝이 먹물이 말라 갈라지고 희미, 칡으로 먹물을 묻혀 쓰는 글씨

시계 / 조위제

내 일생에 주어진 시계는
지금 이 순간도 쉼 없이 잘도 간다
엄마의 탯줄을 달고 태어나
생의 마지막 순간까지 갈 것이다

한번 왔다가 가는 내 인생

내 일생의 시계가 멈추는 그 날까지
타인으로부터 욕먹지 않고
부끄럽지 않은 삶을 살아야겠다
좋은 사람 아까운 사람이었다고
기억 될 수 있는
아름답고 고운 흔적을 남겨야 할 텐데……

조위제 시인

봄이 오는 소리 / 조위제

봄의 문턱을 넘어선 지가
열흘이 넘게 지났건만
산골 마을의 산허리에
아직도 잔설이 남아있다.

봄이 내려앉은 양지쪽에
따사로운 봄볕의 포로가 된
복수초의 노란 꽃망울 수줍게 피고

얼음 녹은 산골짝 계곡에
일찍 잠을 깬 개구리들이 모여
새봄맞이 합창을 한다.

흔적 / 조위제

뜨거웠던 사랑의 파경 뒤에
작은 벌레가 뜯어 먹은
구멍 숭숭 뚫린 가슴이다.

구멍 나고 찢겨서
가슴앓이로 멍든 가슴에
싸매 두었던 마음에 상처

아무도 밟지 않은
모래밭에 남겨진 내 발자국도
파도의 위로에 지워지고
바람의 속삭임에 희미해져 가겠지!

싸맸던 상처 도려내어
흘러가는 시간 위에 던져주고
흔적마저 갈매기의 먹이로 내어준다.

연극 무대 / 조위제

세상이라는 무대에
올려진 내 인생
각본도 연습도 없이
연출, 감독까지 하면서
주인공 역을 맡아
희 노 애 락을
어설픈 연기로
숱한 조연들과 엮어 가는
내 인생의 연극무대

입동 날의 산사 / 조위제

시리도록 파란 하늘가에
풍성하던 가을걷이 끝내고
낙엽이 흩날리는 산사에
풍경소리 외로운데
향초 향기 자욱한 대웅전
부처님 앞의 아낙네
무슨 간절한 소원을 비는지
두 손을 가지런히 합장하고
백팔 배의 힘든 무아경
세월은 겨울의 문턱을 들어선다.

들국화 / 조위제

결실의 계절 산과 들에는
초목이 단풍으로 물들어 가고
키다리 억새꽃이 춤추는
산모퉁이 외진 길섶에
쪽빛 머금은 들국화

어느 누구도 돌봐 주는 이 없이
척박한 환경에서도
수줍은 듯 곱게 피어나
가을바람에 하늘거리는
야생 들국화 너를 사랑한다.

포장마차 / 조위제

삶에 찌든 피곤한 퇴근길
늦은 밤 길거리 포장마차 구석자리
몸도 춥고 마음도 추운데

김이 모락모락 피어오르는
홍합국물과 닭똥집 익어가는
매캐한 연기가 반갑게 맞는다.

옆자리 생면부지의 사나이와 앉아
어지러운 시국을 안주 삼아
아줌마, 여기 소주 한 병 더 줘요

인생을 논하며
소주잔을 주거니 받거니
겨울밤이 졸고 있다

시인 조한직 편

♣ 목차

♪ 시낭송 QR 코드

제 목 : 흔들림에 생명이 있다
시낭송 : 박영애

프로필

충남 공주 출생(1954.7)
대전 거주
(사)창작문학예술인협의회 / 대한문인협회 정회원
대한문인협회 대전충청지회 사무국장 역임(2011~2014)
대한문인협회 한줄시 공모 심사위원 역임
대한시낭송가협회 낭송회원
대한문인협회 대전충청지회장(현)
수상
 대한문학세계 시 부문 신인문학상 수상(2010.10)
 대한문학협회 올해의 시인상 수상(2011, 2013년)
 대한문학협회 전국시인대회 장려상 수상(2012)
 대한문학협회 시화전 우수작품상 수상(2012)
 대한문학협회 순우리말 글짓기 전국 공모전 은상(2014), 대상 수상(2015)
작품 선정
 대한문학협회 시화전 작품 선정(2011,2012,2013,2014,2015)
 대한문학협회 이달의 시인, 금주의 시, 우수작, 다수 선정
저서 - 시집 : 별의 향기 출간(2014.8)
공저 - 현대시를 대표하는 명인명시 특선시인선 선정 (2011/2012/2013/2014/2016)

조한직 시집
별의 향기

흔들림에 생명이 있다 / 조한직

바람이 향기롭다.
동계(冬季)를 보내고 새 꿈을 단장해
나를 부르고 동면에 취한 나무를 깨우고
투박한 거죽을 벗으라 한다.

흔들림, 저 흔들리는 것에는
무한한 생명력이 잠재해있어 좋다
멈춘 것에는 희망이 없으며
한없는 율동만이 꿈을 품는다.

나는 바람이 좋다
한없는 흔들림이 좋다
봄바람은 영혼을 흔들어 깨우며
파란 생명력을 불어넣는다.

세상의 어둠을 깨우며
가쁜 숨소리로 사랑을 품고 와
생명을 잉태시키고
봉오리마다 아름다운 세상을 열어준다.

봄, 그곳에는 바람이 분다.
흔들림이 있어 나는 좋다.

애화(愛花) / 조한직

연분홍 진달래 곱게 피는 봄은
사랑에 붉게 물들어
작은 가슴의 우주를 태우고

툭 툭
우아하고 고운 목련이 질 때면
검은 눈동자에는 짙은 슬픔이 인다.

사랑아!
그러나 낙화도 꽃이었음을
잊지는 말자

그대가 서러니 떠났어도
잊을 수 없는 것은
그 영혼이 아름다운
한 떨기 꽃이었기 때문이다.

스러지는 봄날에 / 조한직

화무(花舞) 흐드러져 고운 날
가슴 울렁이는 사랑아!
봄날이 스러진다고 슬퍼하지 말자

봄이야 가도
다시 삭풍 뒤에 안겨 오리 오만
가면 그만인 것이 우리네 삶이다.

가슴 울렁이는 사랑아!
회한 없는 청춘을 불사르자
그래서 훗날의 허무는 남기지 말자

삶에 더 고운사랑 없이 살자
더 작은 애절함도 없이 살자
그리운 날 호젓이 그리운 사랑을 하자.

나팔꽃 연가 / 조한직

밤새 그리다가
파랗게 터진 그리움아

하늘이 파래서
너마저 파란 거냐.

짧은 생이 서러워서
푸른 멍 빛을 품었더냐.

설움 감춘 나팔꽃
아침을 방실거린다.

먼동 바라보며 불어대는 무성 나팔은
하늘 향한 외침이 서럽도록 곱다

남의 육신 부여잡고 빙빙 감돌아
몰래 한 사랑도 사랑이라며
아침이슬 한 모금에 웃음꽃 환하다.

이슬만 받아먹고 그리 곱던가.
해지면 따라지는 짧은 운명 앞에
애달픈 풋사랑 까맣게 탄다.

흐노니 위에 핀 꽃(능소화) / 조한직

가슴으로 품은 흐노니
타오른 애끓음이 붉기도 하여라.

한뉘 가슴에 품고서도
끝내 볼 수 없는 설움의 응어리를
그토록 진한 멍울로 피워냈는가.

울타리에 피운 안다미로의 속사랑을
몰라주는 다소니, 서럽도록 미워도
고운 얼굴 위에 눈물 자국 흐를까
언제나 방실거리며 우러르네.

다소곳한 고운 매로 힐조에
바람에 흐늘거리는 모습 가여워라

여린 줄기에 매달린 다솜, 사나래 되어
하롱하롱 너의 애끓음은 모른 채
스치는 발길마다 예쁘다고 한다.

곧은 마음의 붉은 꽃송이 다랑귀하다
하룻밤 새 땅바닥에 떨어진 흐노니라고
함부로 밟지 마라.
져서도 오직 한마음, 지아비를 우러른다네.

고독 위에 핀 꽃 / 조한직

어젯밤 꿈속에 부푼 몽우리
오늘은 내 가슴에
한 송이 꽃이 피었네.

말간 불빛 아래
피인 꽃 한 송이
시지(時止)에 환한 웃음 넘쳐흐르니
나는
그 진한 향기에 취하였네.

풍기는 화술의 달콤함은
몸을 사르는 환희를 느끼며
나는
그 환한 미소에 취하였네.

물씬 풍기는 향기에
깊어가는 가을 고독을 녹이며
나는
시간을 잃어버렸네.

심원(心源) / 조한직

늘 곁에 있는 사랑이라도
애달픈 것은
마음에서 한순간도
멀어지기 싫은 것이다.

그리움이란 끝없는 항해와 같이
눈을 뜨고 있어도
눈을 감고 있어도

그 시작이 어디이고
그 끝이 어디쯤인지
어디까지 가야 할지 알 수가 없다.

그리움이란
누가 심어준 것이 아닌
아침이면 스스로 맺힌 이슬방울처럼

새벽에 자연히 피어오른
물안개처럼
어느 순간 살며시
가슴에 찾아든 영혼이다.

그리움도 행복이다 / 조한직

달그림자 너머로
아롱지는 그리움

안개 속을 거닐면
투명한 장벽이 진을 치고

또랑또랑한 눈도 날개가 없으니
오랄 수도
갈 수도 없는 저 먼 곳

달이 뜨면 그 속에 머물고
별이 반짝이면 별빛 속에 머문다.

만날 수 없는 그리움이
행복인가

태양이 머리 위에 이글거리면
연기 없이 타드는 갈증에 목이 타듯
속은 까맣게 타는데…

그리운 말 한마디 / 조한직

삶에 가장 힘이 되는 말
"고마워"

삶에 가장 듣고 싶은 말
"사랑해"

고마워,
사랑해라는 말은
죽음 앞에서도 절실하다

서로에게 가슴을 울려주는
그 말 한마디가

그토록 무겁고
그토록 어려운 것은
우리의 삶이

사랑의 원거리에서
사랑을 가슴에 담지 못한
가난하고 가여운 영혼의 문제다.

침묵하는 이유 / 조한직

내가
여타 저 타
말하지 않는 것은
할 말이 없어서가 아니고

내가
동그란 두 눈으로
못 본 체하는 것은
보지 못해서가 아니고

내가
두 귀로
못들은 체 하는 것은
듣지 못해서가 아니고

다만
스스로
감정을 삭이며
내뱉는 잔소리가 싫을 뿐이다.

시인 주응규 편

♪ 시낭송 QR 코드

제　목 : 여름날 소고
시낭송 : 박영애

프로필

대한문학세계 시, 수필 부문 등단
(사)창작문학예술인협의회 이사
대한문인협회 사무처장

저서
1시집 "人生은 詩가 되어 흐른다" 출간
2시집 "삶이 흐르는 여울목" 출간
3시집 "시간위를 걷다" 출간

주응규 시집

人生은 詩가 되어 흐른다

삶이 흐르는 여울목　시간위를 걷다

주응규 시인

봄이 오려나 / 주응규

휘늘어진 그리움 가지에
꽃바람이 스친다

일렁일렁 얼비추는 님 그림자
뒤설레이는 반가움에
두 뺨이 곱다랗게 꽃물 드누나

나는 님의 봄 뜰에
향긋이 피어나는
사랑 이야기고 싶다.

밤의 여과(濾過) / 주응규

하루가 얼기설기 빚어놓은
혼탁한 물결 들이킨 밤바다

짙은 어둠에 휩싸여
정처 없이 표류하던
불행의 화근이 되는 과욕들을
밤바다는 해무(海霧)로 덮어
심해(深海)에 가라앉힌다

낚싯줄 길게 늘어뜨린 밤별이
몸살 앓던 번민
하나씩 낚아 떠나면
낡은 허물을 벗은 새날이
샛말갛게 피어난다.

오월의 붉은 장미 / 주응규

오월이 오면
그대는 어기는 일 없이 걸음을 놓아
무언의 사랑을 기다랗게 늘어뜨려
가슴에 찰랑찰랑 물결치누나

푸르게 푸르게 눅잦힌 가슴에
요염한 미소 담아 그윽이 뻗치는
그대의 농염한 향기는
부챗살 햇발에 벌겋게 지펴져
하염없이 타오르누나

아리따운 그대의 고혹적 자태
눈망울에 곱다랗게 번져나
새빨갛게 불붙은 뜨거운 가슴
주체할 길 없어라.

그대에게 전하는 연서 / 주응규

그대는 아름다운 꽃입니다
나는 그대 주위를
맴도는 바람입니다

나는 그대를 아프게
흔들지 않겠습니다

포실한 실바람 되어
그대에게 살포시
내 마음을 전하겠습니다

나는 그대 가슴에
사랑 향기 피우는
바람이고 싶습니다

그대가 꽃이라면
나는 바람입니다.

망부석(望夫石) / 주응규

무정한 세월은 매몰차게
흘러갔어도 기나긴 날을
하루같이 임 기다리는
아낙이여!

바다가 갈라놓은 생이별
긴긴날을 울어도 불러도
임은 기별이 없더이까

임 향한 애끊는 아낙네의
절규하는 하소연의 눈물
한시도 마를 날이 없네

가슴 치는 통곡의 울음
밤낮 그칠 날이 없네

해야 달아 바람아 구름아
한 많은 아낙네의
영혼을 달래려무나.

여름날 소고(小考) / 주응규

어느 종갓집 고택(古宅) 지붕
용마루 기왓골이 넘치도록
불볕을 쏟아 내리는 여름날

안채 대청마루 앞뜰 배롱나무는
꽃망울을 붉디붉게 피워
여름을 소담스레 받쳐 들고 있다

마을 어귀 길 가장자리에 우뚝 솟은
아름드리 느티나무에 드러누워
한낮 단꿈을 꾸던 뭉게구름은
참매미와 쓰르라미의
애끓는 울음에 선잠 깨나
소나기 눈물을 내리붓는다

토담 너머로 펼쳐진 들녘은
된더위를 온몸으로 품어 안은 채
토실토실 영글어가고
바깥채 뜨락에 자리한 해바라기는
여름날의 무수한 이야깃거리를
알알이 담아내기에 바쁘다.

주응규 시인

잡초 / 주응규

희망 없이 피우는 삶은 없으리
까닭 없이 피우는 삶은 없으리

해의 걸음 따라 달의 걸음 따라
철이면 철따라 피우고 지우며
무심한 세월과 동행하누나

방랑길 발길이 닿는 곳마다
튼실히 자리를 틀고
꽃피울 시기를 놓치지 않네

초대받지 않아도 반겨주지 않아도
사선의 경계를 넘나들며
모진 삶을 잇는 생명이여!

어제의 고통을 바람 속에 묻어
오늘을 깨우고
내일의 바람 속에 피어나는
질기디질긴 삶이여!

산국(山菊) / 주응규

봄내 여름내 비바람 맞으며
그 누가 손길 주지 않아도
그 누가 눈길 주지 않아도
눈물로 피어나는 그대여

단아한 모습이 고와서
향기로운 맘씨 고와서
벅찬 가슴이 아파라

그대는 누구를 향해 피어나
그윽한 향기 살라놓는가

물빛 하늘이 넘쳐나는 날
청초한 자태로 서릿발 밟으며
걸음 놓는 그대여!

진단 / 주응규

모두가 꽃 되기를 원하니
너도 꽃 되고 싶니?
그럼 너 꽃 해라
나는 잡초 할게.

꽃이라면 가슴 따뜻한
향기를 피워라

제아무리 하찮은 잡초라도
억척스레 나름의
향기를 피우며 살아가거늘

꽃도 잡초도 아니라면
거들먹대지 마라.

동풍(凍風) / 주응규

주색잡기 일삼던 동(冬) 서방이
노자(路資) 쌈짓돈마저
몽땅 탕진하고 빈털터리로
사방팔방 구걸하며 떠돌지만
누구 하나 거들떠보지 않는다

오도 가도 못하는 낯선 객(客)을
핏발선 그믐달은
매서운 눈초리로 흘긴다

오매불망 지아비를 기다리는
늙수그레한 조강지처의
애간장 저미는 냉가슴에
기나긴 동지섣달 그믐 밤
서슬 퍼런 칼바람 몰아친다.

현대시를 대표하는

名人 名詩 특선시인선

(사)창작문학예술인협의회가 추천하는 대표시인

* 지 은 이 : 김락호 외 45人

강사랑 공재룡 곽종철 김강좌 김광덕 김락호 김보규 김상화 김선목 김수미
김이진 김정희 김혜정 김흥님 김희선 김희영 노복선 문방순 박광현 박목철
박미향 박영애 박재도 박정근 박정재 박희자 백낙은 서미영 서수정 성경자
안정순 여관구 염규식 유필이 이옥림 이유리 임시욱 임재화 장계숙 전영금
정병근 정찬열 정태중 조위제 조한직 주응규

* 펴 낸 곳 : 시사랑음악사랑
* 발 행 인 : 김락호
* 디 자 인 : 이은희
* 편   집 : 박영애 이은희
* 표지그림 디자인 : 김락호
* 초판 1쇄 : 2015년 12월 20일

* 주   소 : 대전광역시 중구 목중로 26번길 45 311호(중촌동,중도쇼핑)
* 연 락 처 : 1899-1341

* 홈페이지 주소 : http://www.poemmusic.net
* E-mail : poemarts@hanmail.net

정가 / 22,000원
ISBN 979-11-83673-24-8   03800